コチ（東島《とうじま》楓太《ふうた》）
「はい、どうぞ」
勇者？賢者？いえ、はじまりの街の《見習い》です
なぜか仲間はチート級 2

ニジン
動物に優しすぎて、なかなか言うことを聞いてもらえないこともあるが、本来は【調教《テイム》】の達人。動物の世話最優先で、自分のファッションなどには無頓着。
「はいはい、よしよし。涎が凄いのでこのままお風呂にいきましょうね～」

「……ふえええぇん、コチさ～ん」

「ラーサ」
「はじまりの街」の宿屋『銀花亭』のおかみさん。料理に加えて、棒術の達人。ラーサの絶品な料理は「はじまりの街」で修行するコチの癒やしだった。コチの料理の師匠でもある。
「あたいも来たよ」

勇者？賢者？
いえ、はじまりの街の《見習い》です
なぜか仲間はチート級
2
著：伏（龍）
イラスト：riritto

口絵・本文イラスト
riritto

装丁
木村デザイン・ラボ

CONTENTS

掲示板

【まったり】初心者さんが掲示板を学ぶスレ【雑談　Part11】

ここは主に初心者さんが、掲示板の楽しみ方を学び、掲示板のマナーを覚えつつまったりと【C・C・O】について雑談するスレです。
・マナーのテンプレはPART１のスレを参照。URL：×××××××××
・ここは掲示板のあれこれを学ぶスレです。マナー違反を見つけても優しい対応を。
・雑談スレですが、初心者の範囲を逸脱するような情報なら専用スレへ。
・ネチケット（笑）を守って書き込みましょう。
・次スレは950を踏んだ人がお願いします。

：：：：：：：：：：：：：：：

71：名もなき初心者
CCO二日目の初心者ですが、これ面白いですね。

72：名もなき中級者
そうだろう、そうだろう、と開始まだ二週間の俺氏が上から言ってみる。

73：名もなき初心者
>>７２　（アンカってこれでいい？）
ww　このスレでは十分先輩です。

74：名もなき中級者
>>73（アンカは半角でこうね）
ふはは！　先輩風って、きもちうぃぃぃぃ！

75：名もなき中級者
おい！　初心者の皆さんが引くからやめろ。
71ははじまりの街は堪能したか？　反応は寂しいがキャラは美男美女が多くてなかなかよかっただろ。

76：名もなき初心者
あぁ、確かに。俺っちは五日前にリイドを出たけど、道具屋のお姉さんの胸がやばかった！

77：名もなき中級者
あれも凄《すご》いが、俺は猫耳のギルド受付嬢が良かったな。外出てケモミミにたくさん出会ったせいでかなり記憶は曖昧《あいまい》になりつつあるが、衝撃だけは残っている。

78：名もなき初心者
>>76 （こうかな？）
あれ、はじまりの街の名前ってリイドでしたっけ？　リンドだった気が……それに道具屋はおじさんだったし、受付嬢は犬耳でしたよ？　それにそれほど作りもリアルじゃありませんでした。イチノセに行ってNPCの完成度にすごく感動しましたから。

79：名もなき中級者
(ﾟДﾟ)は？

80：名もなき中級者
(ﾟДﾟ)ひ？

81：名もなき初心者
(ﾟДﾟ)ふ？

82：名もなき上級者
(ﾟДﾟ)へ？

83：名もなき中級者
>>78
ていうか、それマジか？　もし本当ならちょっとしたニュースなんだが……

84：名もなき初心者
(ﾟДﾟ)ほ！

85：名もなき初心者
いやいや、それほどのことはないのでは？　もともとインスタンスマップだし、どうせ二度と入れない街でしょ。チュートリアル処理が賄いきれなくなったからバリエーションが増えたくらいのものでは？

86：名もなき上級者
あの街（チュートリアル段階）ではスクショも解禁されていないし、チュートリアルのみで滞在時間も短いからすでに住人の顔を忘れているプレイヤーがほとんどだ。だが、またあの街のあの人に会ってみたいと思っているプレイヤーは結構多いんだ。

87：名もなき中級者
なるほど、リイドがなくなったということになると残念がる人が少なからずいるんですね

88：名もなき初心者
ぐは！　(ﾟДﾟ)ほ？　が間に合わなかった……(´;ω;｀)

89：名もなき上級者
街の名前まで変わっているとなるとなんらかの事情でリイドは閉鎖された可能性もあるな。

90：名もなき初心者
そういえば、チュートリアルに関して滞在時間制限と時間倍率の変更がありましたよね。なんか関係ありそうですか。

91：名もなき中級者
あるかもなぁ。でも、チュートリアル用の街の設定が変わっても、すでにゲームを開始している俺たちにはまったく関係ないんだよな。

92：名もなき中級者
>>88　すまぬ（—人—）

93：名もなき中級者
たしかに！

94：名もなき上級者

まあ、な。今後チュートリアルを終えたプレイヤーがここに来たら情報集めておいてくれると嬉《うれ》しい。俺は俺で他スレにちょっと話を振ってみる。

95：名もなき初心者
わかりました。

96：名もなき初心者
りょ、です。

97：名もなき中級者
やれることが変わらなきゃ別に問題はないと思うけどな

98：名もなき上級者
そう言うな。協力してくれたらお礼はするさ、最前線ゴノセの街で一番人気屋台の串焼《くしや》きでどうだ？　このゲームの中じゃ一番マシだと言われている料理だぞ

99：名もなき中級者
よっしゃ！　任せとけ！

100：名もなき初心者
変わり身はや！　……ああはなりたくないです

101：名もなき中級者
ちょ……おぉぉ、お、おい！　誹謗《ひぼう》中傷はマナー違反じゃない？

102：名もなき中級者

いや、いまのはセーフ

103：名もなき初心者
セーフ

104：名もなき上級者
セーフだな

105：名もなき中級者
……しくしく

プロローグ　旅立ち

　あの日、気まぐれな姉の一言から始まった僕の初めてのＶＲＭＭＯは、現実時間で約八時間。そしてゲーム内時間ではなんと約一年間という超長期にわたるプレイとなった。

　それは詳しく計算をしたわけではないが、大体あの街の時間が現実時間の千倍くらいに調整されていたということになる。通常のゲーム内時間はおよそ三倍という話だったはずなので、チュートリアルにある程度時間をかけても最初のプレイ時間が減らないようにという運営の気遣いなのかも知れない。


　連続ログインの制限時間と同時にひとまず修業を終了し、正式に〔見習い〕を選択したあと一度ログアウトした僕は、まずその運営との対応に時間を割かれた。

　運営側もまさかチュートリアルの街でそんなに長く過ごすプレイヤーがいるとは思っていなかったらしく、ログアウト後すぐに一年近くをゲーム内で過ごした僕の体調を心配したお詫《わ》びメールが来た。僕がログインしていた時間帯が夜だったことを考えると、かなり早い対応だったと思う。

　メールには無料の健康診断を受けることもできますがいかがでしょうか、という申し出もあったけど、ログアウトしなかったのは自己責任だし自分なりの診断では体にも精神にも特に問題がないと思われたので、もしなにかあれば相談することにさせてもらった。

運営はチュートリアル限定で試験的にゲーム内時間の最大加速を運用していたようだ。チュートリアルならそんなに長期間続ける人はいないと考えての運用だったらしい。それはもっともな話で、そう判断していた運営は責められないだろう。

ただ、今回の件は運営サイドでは重要視したらしく、すぐにはじまりの街への滞在制限が設けられ、倍率も調整することに変更したと教えてくれた。その対処の速さは凄《すご》いとは思うけど、この一年間を最高の師匠たちと楽しく過ごした（修業は死ぬほど厳しかったが）僕にとっては残念なことに思えた。


運営とのやりとりが終わってからは、ゲーム内時間で約一年を過ごしたことによる浦島《うらしま》さん状態を解消するため、リアルの情報を自己確認しながら整理しつつ軽くジョギングや筋トレをした。

これにより知識と記憶の面では違和感が解消されたのだが、困ってしまったのは現実の自分の体の鈍さ、これには辟易《へきえき》してしまった。〔見習い〕のステータスが低かったおかげで違和感が少ないはずの僕ですらこうなんだとすると、高ステータスの最前線トッププレイヤーなんかは現実の自分とのギャップでいろいろ大変だろうなと思う。

その他に食事や家事などを一通り済ませた僕は、再び【C・C・O】にログインするためにミスティックギアを装着してベッドに横たわる。

「それにしてもあのいきなりの卒業試験は大変だったなぁ。ああ、でも戦いよりもその後の方が大変だったかも」

約一年に及ぶ修業の集大成として課せられた卒業試験。それがグロルマンティコアの討伐。その大変だった戦いよりもその後のことを思い出して思わず笑ってしまった僕は、ゆっくりとログインキーワードを口にした。

◇　◇　◇

「いやあ、久しぶりに大物と戦って楽しかったな」

グロルマンティコアとの激闘（？）を終えリイドへ戻ると門番のアルが満足気に漏らす。私はやられても神殿に飛ばされるだけだからいいが、大地人《だいちびと》は死んだら終わりなんだからもう少し危機感を持って欲しいものだ。

『どうせなら最初から呼んでほしかったですわ』

「ちょ、痛いよアカ。耳を啄《ついば》まないでってば、最初から四彩の皆を呼んだら街の人のリハビリにならないし、私の試験にならなくなっちゃうから仕方なかったんですよ。次の大きな戦いのときは最初から呼びますから」

『約束ですのよ、破ったら酷《ひど》いことになるのを覚悟してくださいまし』

「わ、わかった。約束する」

四彩というのはその昔、死の災《わざわい》、死災と呼ばれた強大な力を持つ四体の魔獣のことで、私がつけたなんの捻《ひね》りも無いニックネームから四つの彩《いろどり》、四彩だ。皆は形のうえでは私の召喚獣としてだけど、実際には対等の友達として私に協力してくれている仲間である。その中で、今は赤い小鳥の姿をしている戦闘が大好きなアカは、グロルマンティコア戦に途中から召喚したことが気に食わなかったらしく、他の子たちは送還に応じてくれたのに、自分だけ送還を拒否して文句を言うためだけに私の肩に止まっている。

「今回は前に出て戦わない形になりましたが、後方からの戦況判断は的確でした」

今回同行してくれたアルの双子のお兄さんのイケメン神官騎士レイモンドさんが優しく微笑《ほほえ》む。

「がははははは、弓での援護も威力はないが相手の嫌がる箇所や攻撃の出鼻《でばな》を挫《くじ》く場所をよく狙えていたぞ」

リイド冒険者ギルドのマスター、獅子《しし》系獣人のガラも豪快に笑いながら私の背中を叩《たた》く。

「ふふ、そうですね、回復のタイミングも的確でしたよ」

ガラに叩かれてむせかえる私に温かい視線をくれているのはリイドの神官長メリアさん。神官長と言ってもおばあちゃんじゃなくて私とそう変わらない年齢の癒し系美女。

「わたくしとの連携も悪くなかったし、コチのひとまずの修業成果としては十分じゃないかしら。ウイコウさんには合格と伝えておくわ」

最後は黒い三角帽子をかぶったいかにも魔女といったスタイルの、大魔女《グランウイッチ》エステルさん。彼女もちょっときついところはあるけれど、実は優しい美女だ。

今回の試験に同行してくれたレイさん、ガラ、メリアさん、エステルさんたちから及第点を貰《もら》えたのはもちろん嬉しいのだけれど、自分ではあまり役に立てたとは思っていないので、手放しには喜べずちょっと複雑な気分だ。

「コチ、そんな顔しないで。あなたにその選択をさせてしまったことは申し訳ないと思っているわ」

「あ、すみませんエステルさん。〔見習い〕を選択したことについては、まったく後悔していないので気にしないでください。私が考えていたのは、せっかく鍛えてもらったんだからもう少しできることがあったんじゃないか、ということですから」

私の表情が優れないのを見たエステルさんに気を遣わせてしまったことを謝罪する。思い切って前に出て戦えば、何度も何度も繰り返して練習したおかげでレベル5まで上がっていた【死中活】を使って役に立てた可能性が……いや、ないな。あのクラスの敵にいくら【死中活】のカウンターが入っても私の攻撃力じゃたかが知れている。

「なあに、これからだよ。これから！　実際おめぇは俺らとも1対《サシ》1ならそこそこ戦えるくらいになってんだぜ。もっと自信持てよ！　それにさっきの奴《やつ》を倒してなんかいろいろ出たんだろ？　それで装備やらなんやら強化すりゃいいじゃねぇか」

アルは相変わらずお気楽だが、言っていることはそこそこ正しいとは思う。はじまりの街リイドの住人たちはひとり残らずなにかしらの達人。その達人たちとまともに打ち合える人が夢幻人《むげんびと》、つまりプレイヤーの中にいったい何人いるのかという話である。

曲がりなりにも瞬殺されないくらいになれた私も、それなりに強くなっていると思いたいが周囲の人間が強すぎていまひとつ実感がない。とりあえず、いろいろと新しく貰った称号や記録なんかもあるから現在のステータスを一回確認しておこう。

名前：コチ　種族：人間〔Lv6〕　職業：見習い〔Lv10〕　副職：なし
称号：【命知らず】【無謀なる者】【兎の圧制者《ラビットタイラント》】【背水を越えし者】【時空神の名付親】
【大物殺し《ジャイアントキリング》】【初見殺し】【孤高の極み】【幸運の星《ラッキースター》】
加護：【ウノスの加護】【ドゥエノスの加護】【トレノスの加護】【クアノス・チェリエの信徒】
【チクノスの加護】【セイノスの注目】【ヘルの寵愛《ちょうあい》】
記録：【10《テン》スキル最速取得者〔見習い〕】【ユニークレイドボス最小人数討伐（L）】
HP《生命力》：250／250　MP《魔力》：250／250
STR《力》：10　VIT《体力》：10　INT《知力》：10　MND《精神力》：10
DEX《器用》：10　AGI《敏捷》：10　LUK《運》：107
SP《ステータスポイント》：20
スキル
（武）
【大剣王術3】【剣王術3】【短剣王術3】【盾王術2】【槍王術《そうおうじゅつ》3】【斧《ふ》王術《おうじゅつ》2】【拳王術3】【弓
王術3】【投王術4】【神聖剣術4】【体術9】【鞭術《べんじゅつ》5】【杖術《じょうじゅつ》6】【棒術5】【細剣術5】【槌《つち》術7】
（魔）
【魔力循環3】【魔法耐性7】【神聖魔法5】【火魔法9】【水魔法9】【風魔法9】【土魔法9】
【闇魔法7】【光魔法7】【付与魔法7】【時魔法9】【空間魔法9】【精霊魔法3】
【召喚魔法5】（蒼輝《そうき》・朧《おぼろ》月・雷覇《らいは》・紅蓮《ぐれん》）
【無詠唱】【連続魔法】【並列発動】【魔力操作】

（体）
【跳躍8】【疾走9】【頑強10】【暗視4】【集中7】【豪力5】
（生）
【採取8】【採掘6】【伐採3】【農業6】【畜産3】【開墾4】【釣り3】【料理8】【調合7】【調合（毒）4】【酒造4】【錬金術5】【鍛冶《かじ》7】【木工5】【細工5】【彫金5】【裁縫5】
（特）
【罠《わな》設置3】【罠解除3】【罠察知3】【気配遮断5】【鑑定眼7】【索敵眼6】【看破4】
【死中活5】【孤高の頂き】【偶然の賜物《たまもの》】

まずは種族レベルが5上がった。種族レベルは上がりにくいものらしいが、レベル1がユニークレイドボスを倒しても5しか上がらないのは悲しい。でもこれはパワーレベリング防止策のひとつみたいで、どんなに経験値を大量に得ても一回の戦闘では最大で5までしか上がらないらしい。

ステータスに関しては、人間種族はランダムで上がると思っていたけど、どうやら全《すべ》てステータスポイントとして割り振られるらしい。但し、人間は自由な割り振りができる代わりにポイントが他種族よりも少ない。具体的にはレベルアップごとに、

人間
HP＋10　MP＋10　SP＋4

エルフ
HP＋7　MP＋13　INT＋1　MND＋1　DEX＋1　SP＋2
ドワーフ
HP＋15　MP＋5　STR＋1　VIT＋1　DEX＋1　SP＋2
（獣人や異種族間のミックスはベースとなる動物や種族によって細かく違うので割愛）

こんな感じだ。これだけ見るとレベルが上がっていくにつれ、人間が不利になっていくように見えるが、人間は得手不得手があまりなくほとんどの職に就けるようになるし、他種族よりもレベルが上がりやすいので、プレイスタイルに合ったビルドがしやすいという利点があるらしい。私は現状全てのSPを割り振っていない状態。

次はスキル。ぱっと見ではレベルがいい感じに上がっているように見えなくもない。でもこのゲームは販売されてから現実時間で約三カ月なので、どんなに長くログインしている人でもゲーム内でのプレイ時間は六カ月くらいが最長だろう。対して私は途中でログアウトすることなく約一年もの間このゲームをプレイしていたことになる。

いくら〔見習い〕が熟練度の上がりにくいチュートリアル職だと言っても、このくらいは上がっていてもおかしくない。むしろこれだけやっているのに、まだこのレベルと言える。進化したスキルも【瞑想《めいそう》】が【魔力循環】になったひとつしかない。ちなみに【詠唱短縮】は【無詠唱】を覚えたときに上書きされたので、進化したスキルではない。

新しいスキルもいくつか増えているけど、予想通り器用貧乏な感じになっている。しかも魔法をたくさん覚えても現状ではMPが少なすぎて威力のある魔法を使うとすぐに枯渇してしまう状態。

エステルさんからその対策として指導されたのは、【魔力操作】を覚えて魔力運用の効率を上げて消費MPを減らし、【瞑想】から進化した【魔力循環】で常に周囲の魔力を取り込みつつ回復効率を上げるということ。これを意識せずにできるようにするというのが大きな修業目標だったんだけど、最近ようやく形になりつつある。それでもMP不足は深刻になると思うので、未使用のSPはかなりの部分をMPに振ろうと考えている。そうしないとヘルさんの寵愛のおかげでスキルレベルがガンガン上がっている【時魔法】【空間魔法】で覚えたほとんどの魔法がMP不足で使用できないという状態が解消されない。せっかく覚えているんだから時間系や転移系の魔法をばんばん使えるようになりたい。

一年間の修業も大変だったけど、〈見習い〉の私がここまで満遍なくスキル全体のレベルを上げられた理由には間違いなく【10スキル最速取得者〈見習い〉】のパッシブ効果があったから。あとは祈りを捧《ささ》げた後に、ステータスに追加された神様たちの加護の力も大きい。

いま私が持っている加護は、【ウノスの加護】【ドゥエノスの加護】【トレノスの加護】【クアノス・チェリエの信徒】【チクノスの加護】【セイノスの注目】【ヘルの寵愛】の七つ。

加護は各神様が司《つかさど》るものの熟練度が上がりやすくなったり、生産などの成功率に補正がかかると

いう効果があるらしく、効果の程度としては私の体感だと、

信徒（微）＜注目（小）＜祝福（中）＜加護（大）＜寵愛（特大）

の順に加護が強くなる気がする。でも、これだけの加護があってもこのステータスということは、やっぱり〔見習い〕の成長率はかなり低いということだろう。

称号もなんだか増えてしまっているけど詳細をもう一度確認しておこう。


【命知らず】

最大ＨＰを超える一撃を短期間で何度も受けた者に与えられる称号。

効果：特殊スキル【死中活】を取得。


【無謀なる者】

最大ＨＰを超える一撃を一度の戦闘中に何度も受けた者に与えられる称号。

効果：ＨＰが最大のときに最大ＨＰを超える一撃を受けたときＨＰが１残る可能性がある。


【兎の圧制者】

兎《うさぎ》種の同種魔物を続けて１０００羽以上倒し、兎たちの心を砕いた者に与えられる称号。

効果：兎種の魔物に対して特効（大）。兎種の魔物に高確率で〈怯《おび》え〉のバッドステータス付与。兎種の魔物の逃走率上昇（大）。

【背水を越えし者】

瀕死《ひんし》かつ逃亡不可の状況で敵を倒し生き延びた者へと与えられる称号。

効果：ＨＰが低いほどステータスに補正（微）がかかる。


【時空神の名付親】

世界を管理する時空神である名もなき神に名を与えた者への称号。

効果：時空神との親密度上昇。神々との遭遇率上昇、神々との親密度に補正。

時間・空間魔法の熟練成長率特大（ヘルの寵愛と効果は重複する）。


【大物殺し】

自分よりも種族レベルが５０以上高い魔物を倒した者へと与えられる称号。

効果：自分よりレベルが高い敵と戦うときステータスに補正がかかる。レベル差が大きければ大きいほど補正値も大きい。


【初見殺し】

ユニークモンスターを初遭遇時に倒した者へと与えられる称号。

効果：初見の敵と戦うときステータスに補正（小）がかかる。

【孤高の極み】
ソロでユニークレイドボスを倒した者へと与えられる称号。
効果：特殊スキル【孤高の頂き】を取得。さらにソロプレイ時にステータスに補正（小）。HP、MP自動回復（微）。

【幸運の星】
LUKの値が100を超えた者へと与えられる称号。
効果：特殊スキル【偶然の賜物】を取得。生産系の成功率・変異率上昇。戦闘行為中に味方の行動成功率上昇、敵の行動成功率低下。

ひとつひとつの効果はゲームバランスが崩壊するようなものではないと思う。でも、全体的に縛りがきつければきついほど強い、みたいな感じになりつつあるのが困る。縛りプレイも嫌いではないけど、そういうのは普通は二周目のプレイとかでするものじゃない？

そして……兎さんたちに関しては本当にごめんなさいとしか言えない。だってあそこで戦える魔物は兎さんしかいなかったんです。

一応、称号で貰《もら》った特殊なスキルに関しても確認しておこうかな。

【死中活】

残HPより強い攻撃に対してカウンターを合わせて成功すると、自らのダメージはキャンセルしたうえに相手に与えるダメージに補正（極大）が付く。

【孤高の頂き】

ソロでの戦闘時間が長くなればなるほどステータスが上昇していく。

【偶然の賜物】

パッシブスキル。たまたまなにかを発見するかも？


さすがに特殊なスキルだけあって効果も面白いものばかり。使いこなせるかどうかはまったく自信はないんだけどね。そして、新しく記録保持者《ホルダー》になった記録がこれ。

【ユニークレイドボス最小人数討伐（L）】
条件：ユニークレイドボスを最も少ない人数《プレイヤー》で倒したメンバーに与えられる記録。
効果：レア以上のモンスターとの遭遇率上昇。レアドロップ率・ドロップ数上昇。
※限界記録のためLUKにボーナス（＋10）

どうやら召喚獣や大地人はプレイヤーではないため、今回のユニークレイドボスは私ひとりで倒した扱いになっているようで、後ろにあるLはこの記録が今後誰にも破られることがない記録という意味、限界《リミット》のLということらしい。確かにソロで倒してしまったらそれ以降記録が抜かれることはないか。

この記録のボーナスで私のLUKが10も上がりLUK値が三桁《けた》に突入した結果が、称号【幸運の星】であり特殊スキル【偶然の賜物】ということになる。

「そうよ、コチ。このわたくしが鍛えたんですもの、あなたの魔法の腕は他の夢幻人と比べても遜《そん》色《しょく》ないはずよ。もう少し自信を持ちなさい」

「エステルさん……ありが」

「は？　なに言ってるんだエステル。コチが自信を持つべきなのは、このアル様が教えてやった武術の数々だろうが！」

え？　なんでそこに喰《く》いついてくるの？

「ガハハハハハハ！　それを言うのであれば俺が新人につけた稽古《けいこ》こそが、もっとも新人の力の源に違いない！」

ん、ガラまで？　それってそんなに重要なこと？

「あ？　お前までなに言ってやがる！　どう考えたって俺あってこそのコチだろうが！」

いやいやいやいや、なんでいきなり揉《も》めてんの。別に誰が一番とかじゃなくて、リイドの皆さんがい

たからこそのコチでございます。あなたがたの誰ひとり欠けても、私はここまでいろんなことができるようにはなれなかったと思っていますよ。

「はん！　あなたたちのような脳味噌《のうみそ》まで筋肉で出来ているような人たちに人が育てられる訳がないでしょう？　あなたたちがやりすぎた訓練の尻拭《しりぬぐ》いをどれだけわたくしたちがしてきたと思っていますの！　ねぇメリア！」

あぁ……確かに。手加減が下手くそな脳筋メンバーには何度も神殿送りにされましたね。

「ふぇ？　わ、私ですか！　確かになんどもコチ殿の治療は致しましたけど」

あ、メリアさんまで巻き込まれた。

「……ふん、いいぜ。どっちが正しいか久しぶりにこいつで決めようじゃねぇか」

アルが不敵な笑みを浮かべつつ握りこぶしを前に突き出す。でたよ、脳筋的解決法。となれば当然同じ派閥のガラは。

「ガハハハハハハ！　面白い！　受けて立とう！」

こうなる。

「やだやだ、これだから脳筋は……」

「尻尾《しっぽ》巻いて逃げるんならそれでもいいぜ、ヘボ魔女」

「……命はいらないようね」

うん、これはもうダメだ。エステルさんの体を覆う魔力がヤバいくらいに高まっている。もう止められない。

(コチさん、こっそりと離れましょう)

（レイさん。わかりました）

三竦《さんすく》みになっている三人と、エステルさんの後ろでおろおろするメリアさんを見ていた私の肩を、とんとん叩《たた》いたアルの双子の兄、神官騎士のレイモンドさんが避難を促してくれたので、一も二も無く了承。

それでも結局、避難して離れていたにもかかわらず、激化した超次元の喧嘩《けんか》に否応《いやおう》なく巻き込まれた私はチュートリアル後初の神殿送りになったんですけどね。

◇◇◇

「コチ君、全員とカード登録は終わっているね」

「あ、はい。勿論《もちろん》です」

リイドの参謀役であり、まとめ役とも言えるウイコウさんの問いかけに頷《うなず》き、長めの回想から戻ってくる。

今日はとうとうリイドを出てイチノセの街へと向かう日。ウイコウさんを始めとして、何人かの住人たちが私を見送りにリイドの入口まで来てくれている。リイドを出るにあたって私に何かして欲しいことがあるのかと思っていたのだが、基本的には夢幻人らしく自由に行動していいらしい。

リイドの人たちとしては、いろいろやりたいこと、やらなくてはならないこともあるらしいが、それに私がついて回る必要は今のところないとのこと。時機が来たら協力を求めることもあるとは言っていたけれど、この街の人たちに私の力が必要になるような場面なんてそうそうないんじゃないのかな。

つまりちょっとイレギュラーだった私のチュートリアルが、本当にいま完了したということだろう。

「なにかコチ君に役立つ情報があればすぐに知らせるし、コチ君の冒険に私たちの力が必要になったなら遠慮なく連絡して欲しい。カード登録がしてあればいつでも連絡ができるからね」

「わかりました」

【C・C・O】においてチュートリアル終了と同時に開放されるシステムがいくつかある。そのうちのひとつがカード登録で、わかりやすく言うとフレンド登録機能である。

一応追加機能を簡単に全部説明しておく。

・カード登録（フレンド登録）

関連してフレンド間での通話、メール機能など

カード登録についてはさっきのとおり。身分を証するカードを互いに重ねることで登録することからこう呼ばれるが、ようはフレンド登録のこと。夢幻人の場合は基本的に冒険者ギルドカードが

これにあたる。大地人の場合、使用するカードは様々で、商人ギルドカードだったり住民カードだったりすることもあるらしい。

・パーティ機能
関連してパーティチャットなど

次にパーティ機能。これはそのままパーティを組むことができる機能で、自分を含めて最大六名までのパーティが組める。夢幻人同士のパーティなら経験値は分割されて配分されるし、パーティメンバー同士だけでのチャット会話もできる。あとは採めないようになのか、誰がなんのドロップアイテムを入手したかをパーティ内で公開するかどうかのオンオフ設定なんかもできるようになる。

・マップ機能（オートマッピング）

三つ目はマップ機能。マップ機能はその名の通り地図の機能で、街やフィールドで自分が行った場所が記憶されていくというもの。また仮想マップ上にメモを残すことも可能で、クエストの情報や、待ち合わせの場所なんかを登録したりもできる便利なシステムだ。

・時計《とけい》機能（リアルとゲーム内時間の同時表示。倍率の表示）

そして最後は時計。チュートリアル中はリイドの時間しか表示されていなかったけど、今度からはリアルとゲーム世界の時間が同時に表示されるため、アラームと合わせて使えば現実の時間を忘れるということはない。さらにダンジョンなどに入ると時間加速の倍率がさらに高くなることもあるので、そのときはその倍率も表示される。時間が両方表示されていれば必要ないのではと思うかもだけど、倍率が高い程広く大きく難易度の高い場所とされる傾向があるらしく、設定された倍率でそのダンジョンの攻略にかかる時間を予測できたりもするらしいので意外と役にたつらしい。

この四つの機能がチュートリアル終了と同時に解禁されていて、いずれもＶＲＭＭＯには欠かせない機能になる。

「いまさら遠慮なんてしませんよ。ばんばん連れ出してこき使いますから覚悟してくださいね」

「もちろん構わないとも、楽しみにしているよ」

ウイコウさんと顔を見合わせ、互いにニヒルな笑みを浮かべつつがっしりと握手をする。

「よし、じゃあイチノセの街へ行ってみようかな」

「リイド以外の街は久しぶりだぜ、楽しみだな、腕が鳴るぜ」

ちょっと名残惜しくはあるけれど、またいつでも帰って来られる。それよりも今は、まだ見たことのない世界がとても楽しみでちょっとわくわくが抑えられない。そんな私に水を差すように、にやにやしながらアルが肩に手を回してくる。

「いや、イチノセにはひとりで行きますけど？」

「なぁ！　なんだってぇ！　てめぇ、俺を置いていくつもりなのか！」

いやいや、なんでそんなに驚く必要があるの？　もともとリイドからイチノセまではチュートリアルが終わった初心者でも安全に到達できる道なんだから、私ひとりでもなんの問題もない。それにイチノセにはリイドの人たちの顔を覚えている人も多いだろうから、その辺の事情がわからないうちにアルたちを連れていってていきなり騒ぎになるのも避けたい。暑苦しく詰め寄ってくるアルがしつこいので、ちゃんと理由を説明してやる。

「ぐぅ……確かに」

「コチさんの言う通りだぞ、アルレイド」

「そうね、わたくしも残念ですけど、コチが正しいわ。わたくしくらい美しいと夢幻人の記憶にも焼き付いているでしょうから」

常識人のレイさんは冷静に私の意見に同意してくれる。エステルさんの言い分は自分で言っちゃうのはどうかと思うけど……間違ってはいないか。でも、私が初めてお店に行ったときみたいに机に突っ伏して適当な対応をしていたら、まともに顔を見ることができた人はいない可能性もある？

「俺はしばらくミラと修業にでもいってくる。だが、用があるときは呼ぶがいい。共に駆けつけるぞ新人」

「にゃ！　そこであたしを巻き込まないでよ、ギルマス！　まあ、久しぶりにちょっと暴れたい気もするから今回はいいけど」

冒険者ギルドのマスターでもある獅子《しし》系獣人のガラさんと、そのギルドの受付嬢である山猫系獣人のミラは修業という名の狩りが楽しみなのか尻尾を揺らしている。

「そのときはよろしくお願いします」

いつまで経《た》っても新人と呼ばれるのは直らないのだろうか、と思いつつも一緒に行こうとか誘われると絶対死ねるレベルの苦行になるのでさらっと返事をしておく。

「あんちゃん、良い食材があったらすぐに持ってくるんだよ」

「勿論です。おかみさんにはまだまだ美味《おい》しいものを作って欲しいですから」

私の料理の師匠でもある銀花亭《ぎんかてい》の女将《おかみ》のラーサさんに良い食材を持ち込めばきっとまた美味しいものが食べられるはずなので優先順位は高いです。

「ちぇ、しゃあねぇな。ちゃんと遠出するときは呼べよ、コチ」

「はいはい、頼りにしてますよ。門番さん」

「なんだとぉ！　ぶっ！」

「っと、はいはい。アルはちょっと下がっててちょうだい」

私の皮肉に身を乗り出そうとするアルに小さな【水弾《ウオーターバレット》】を当てつつエステルさんが前に出てくる。

「コチ、ひとりで行くのは反対しないのだけれど、護衛代わりに四彩を連れていきなさい」

「えっと、それはそれで過保護な気はしますけど……」

「それでもよ」

「……わかりました。それじゃあ、アカ。一緒にくる？」

『このへんの魔物には、わちしが戦うような相手はいないから遠慮するわ』

送りに来てくれていた四彩の一色。赤い小鳥のアカに声をかけるが、戦うに値する相手がいないとのことで拒絶された。お前はどこの格闘家なんだと問い詰めたいところだが、気乗りしない相手を無理やり連れ回すことはしたくない。

四彩の皆は私の召喚獣ではあるけれど、私の友達なのでお願いすることはあっても命令することはない。

「じゃあ、シロはどう？」

『う〜ん、ぼくもいいや。眠いし』

現在は可愛《かわい》らしい白い毛並みの子犬の姿になっているシロを誘ってみるも失敗。

「クロは……そもそも見送りに来てないか」

クロは通常時は艶《つや》のある綺麗《きれい》な毛並みの黒猫なんだけど、猫らしく気まぐれでいつもどこにいるかわからない。そのくせ気が付くと近くにいたりするところが可愛い。

となるとあとはアオしかいないんだけど……アオも通常時の見た目が手の平サイズの亀ということもあって見送りには来ていない。でもアオなら頼めば同行してくれるはずなので、ここは申し訳ないけど召喚させてもらおう。

【召喚《サモン》：蒼輝《そうき》】

『ん？　どうした。出発するのではなかったのか？』

「急に呼び出してごめん。アオ、ちょっとお願いしたいことがあるんだけどいいかな？」

『我が契約者はお前だ。遠慮せず命ずればよい』

「うん、じゃあ私の同行者兼護衛として旅立ちに付き合ってくれないかな？」

『ほう……ふむ。いいだろう、と言っても我は基本的には何もせぬがな』

「わかってます」

おそらくアオは私が余程の危険に陥らない限りは助け船を出すことはしないだろう。でもそれがいい。この一年間、リイドの皆から学んだことを活《い》かして私なりに楽しめばいい。


「それでは、行ってきます！」


こうして私は、ようやく第一の街イチノセへと旅立つ。なんだかんだ言ってもリイドはチュートリアル用の街。これから行くイチノセこそがこの【C・C・O】の事実上の始まりの街になる。きっとたくさんの大地人や夢幻人がいて、いろんな人と様々なことをすることになるはず。ひとつひとつは多分たわいもない日常の一コマみたいなものだろうけど、現実世界でやっかいな能力に悩まされてる私にとってはそれこそが貴重な体験だ。

うん、初めてこのゲームを手にしたときの高揚感が甦《よみがえ》ってきた。


「よし、今度も目一杯楽しもう！」

第一章　イチノセ

「やっと着いた」

　リイドを出て草原をてくてく歩いてゲーム内時間で約六時間。第一の街イチノセの街壁を見上げながら思わず声を漏らす。

『時間がかかったのは自業自得ではないか』

　旅をするなら必要だろうと、おかみさんとニジンさんが協力して作ってくれた外套《がいとう》の内ポケットにすっぽりと納まり、首を伸ばして頭を出しているアオが苦言を呈す。

　もともとチュートリアル後はイチノセまで転送してくれるという設定もあるのだが、私の場合は卒業試験があったのでキャンセルしていた。もっとも私は最初から転送は使わないつもりだったのでそれは問題ない。

　ただ真面目《まじめ》に歩けば半分程度の時間で辿《たど》り着《つ》けたというところが問題だった。

「いやいや、リイド周辺は薬草なんかも数が減っていたし、見つけたらやっぱり採取していかないと。ゼンお婆《ばあ》さんからもいろんな薬草や毒草を持ってきてくれって頼まれてるし」

　リイドの採掘ポイントと同じように、リイド周辺の採取ポイントもチュートリアルクエスト完了後から調整されてしまい、ごく少量の癒草《いやしそう》と浄花草《じょうかそう》くらいしか採取できなくなってしまっていたので、調合や錬金の師匠であるゼンお婆さんに素材の調達を頼まれていた。

　まあゼンお婆さんだけじゃなくて、おかみさんには食材や出汁《だし》の素材を頼まれているし、鍛冶《かじ》の師匠ドンガさんには各種鉱石、木工や彫金の師匠であるファムリナさんには木材や宝石を頼まれているわけで……つまり生産に使う素材は全部依頼されている状態。

　本来なら集めた素材は売却するか、生産職のプレイヤーに持ち込んで装備を作ってもらったりするんだろうけど……私に関してはリイドに持ち込むという一択だ。

『そうではない。周囲の魔物がまったく襲ってこないからといって採取に夢中になりすぎたからであろうと言っている』

「はは……おっしゃるとおりです」

　リイドからイチノセまでは草原が続いていて、出てくる魔物はグラスラビットのみ。そして、私がもっている【兎の圧制者《ラビットタイラント》】の称号により、兎《うさぎ》の魔物の中で最弱であるグラスラビットは、私を見るだけで一目散に逃げていく。つまり道中が暇だったうえに襲われる心配がないのでつい採取に夢中になってしまったというわけ。

　といっても採取できたのはほとんど癒草だけ。でも癒草は回復系のアイテムにはほぼ必須《ひっす》の薬草だからあればあるだけ使う。処理と加工と分量を【錬金術】も駆使したゼンお婆さん秘伝の方法で調整すれば、ワンランク上の癒快草《ゆかいそう》の代わりにもなる優れものだ。

　卒業試験のグロルマンティコア戦で使っていたエクスポーションは、リイドだけだと普通は材料が揃《そろ》わないため作成不可。だけど、この製法を使って各素材のランクを底上げして、さらに繊細で正確な調合技術を発揮できたときにやっと作れる貴重品だ。

『まあ、我としては久しぶりに外の世界を見て回れるのだから構わぬが』

「そう言ってもらえると助かるよ。じゃあ街に入ってみようか」

『うむ』


イチノセの街の南門にあたる扉にも門番が立っていた。でも、南側は基本的にグラスラビットしかいないし、見通しもいいためか門番さんはひとりだけ。この規模の街の出入りのチェックをするのにひとりで大丈夫なんだろうかと思ったけど……。

「人の行き来がない……」

「そりゃそうさ、この先には草兎が出る草原があるだけで、街も村も無い。たまにお前のように歩いてくる夢幻人はいるが、後はあまり金にならない兎狩りに出る冒険者が少しいるくらいだからな」

やはり暇だったのか、金属製の兜《かぶと》や胸当て、さらに籠手《こて》、脚甲、鉄の槍《やり》を装備したリイドの門番アルよりも格段に装備がいい門番さんが、私の呟《つぶや》きに反応して返事をしてくれた。

「でも、門番さんは必要とされてここにいるんですよね」

「門番さんはやめてくれ、こう見えてもこの街を守る兵士のひとりなんだ。ここにいるのは持ち回りで仕方なくだ」

「なるほど、この街を守ってくれている人なんですね。だとすると、私のような夢幻人がこの街で安心して滞在できるのも門ば……あの、なんとお呼びしたらいいでしょうか？　私は初めてこの街に来た夢幻人のコチといいます」

「ふん、俺はコークスだ」

「この街を守っていてくださってありがとうございます、コークスさん。私の知っている門番はいつも仕事しているのかどうかよくわからない奴《やつ》だけなので」

「はん！　南門の担当なんか閑職もいいところだ。なんもすることなんかねぇよ」

どこかやさぐれた感じのコークスさんは、早く行っちまえと言わんばかりにひらひらと手を振る。

だけど、私にしてみればリイドの人たち以外で初めて出会った人なのでもっといろいろ聞いてみたい。

「いえいえ、ここにコークスさんがいなかったら街の中に入り込んだグラスラビットが街の人に怪《け》我《が》をさせるかも知れないじゃないですか」

「おう……そ、そうか」

「それで、コークスさんは槍をお持ちですけど、得意なのは槍なんですか？」

「は？　あ、ああ。別に槍ってわけじゃ……ただこの仕事に関しては槍の方が都合がいいってだけで……」

「なるほど、じゃあメインは剣ですか？　今度手合わせとかしてもらえますか」

「い、いや……それはちょっと」

「そうですか、残念です。コークスさんはご結婚とかされていますか？」

「つ、妻がいる」

「おぉ！　隅におけないですね。お子さんは？」

「む……すこがひとり」

「おいくつですか？」

「さん」

「三歳ですか！　可愛い盛りですね。将来はやっぱり兵隊さんになって欲しいとかあるんですか」

「う……いや」

「そうですよね、兵隊さんは危険な仕事ですからね。そうすると何か手に職を付けてというのもいいかも知れませんね」

「だ……」

「なるほど……確かに魔物に対抗するためにもある程度、戦える力は必要ですね。ということは、うぴぅ！」

せっかくコークスさんと楽しく会話をしていたのに、急に頭上から水が降ってきて文字通り水が差される。

『ちょっとアオ！　いきなりなにするんですか！　驚いて変な声が出たじゃないですか』

『……いい加減にしておくがよい。相手が職務中であることを忘れるな』

「え……」

突然水をかけられ反射的に念話で抗議するが、アオに突っ込まれて、我に返る。そっか、いくら楽しい会話をしていてもコークスさんにとっては仕事を邪魔されていることになるのか。それは確かによろしくない。

『…………どうも微妙に伝わっていない気もするが』

なんとなく呆《あき》れるようなアオの思念を感じるが、明確な言葉としては伝わってこなかったのでひとまずコークスさんへの謝罪を優先しよう。

「コークスさん、お仕事の邪魔をしてすみませんでした」

「わ、わかったから、早く行け」

どこかほっとしたように感じるのは、やっと職務に専念できるからかな。でも門を通過すること自体には特に手続きはなくて素通りだ。プレイヤーキル《PK》をした人とか、暴行とか強盗をした犯罪者とかも出入り自由なんだろうか？

プレイヤー同士に限定すれば、PK設定のオンオフに拘わらず街中では『決闘』以外の暴力行為はシステム的にできないから問題ないのかも知れないけど。その辺はプレイをしていくうちにわかっていくことかな。

ということで私は、コークスさんに手を振りつつ横を通り、内側に開きっぱなしになっている南門を抜けた。

「おぉ……」

中に入るとそこは、まさに異国情緒溢《あふ》れる『街』だった。大通りに面したお店の数々、道行く多種多様な種族の人々、そしてなによりリイドではほとんどなかった『音』。

商店の呼び込み、世間話をするおばちゃんの声、通りを歩く人たちのざわめき、荷馬車や荷車の車輪の音などが私を圧倒する。リイドではそもそも人口が少なかったし、皆が達人なので足音すら静かで雑多な音というものがほとんどなかったから、とても新鮮に聞こえる。

『相変わらず人間は騒がしいな』

懐でアオが溜息《ためいき》交じりに呟くが、それほど嫌がっている感じはしない。人間の嫌な部分をよく知っているクロや、人間を弱い生き物だと思っているアカは人がたくさんいる場所はあまり好きではないらしい。今回アカが同行を辞退したのは多分それも理由のひとつだと思う。
逆にアオやシロはそこまで人間に忌避感はなく、むしろ群れながら知恵と技術を駆使して逞《たくま》しく生きる人間たちに少なからず好感を抱いている節がある。同じ四彩獣として一括《ひとくく》りにされちゃっているけど、もともとはそれぞれ別の場所、別の時期に独立して活動していたんだからそれぞれ性格は違うしちゃんとした個性がある。

「さて、まずはどこへ行こうか」

イチノセの街は北と南に頂点を置く正六角形の街壁に囲まれた大きな街で、東西南北の門から街の中央噴水広場を抜けて十字に大通りが通っている。この通りがメインストリートで、門から中央の噴水までをそれぞれの門の方角で『北通り』『東通り』『南通り』『西通り』と名付けているらしい。
そして、ほとんどの商店はこの四つの通りに面しているので、通りには品物を求めて人が集まる。それでも、さすがに人混みをかき分けるほどではないので、多少の注意を払えば普通に歩くことはできる。

「まずはポータルをアクティベートしておこうかな」

南通りを北に向かって歩きながらまず最初の目的を決める。ポータルはVRMMOでは移動時間を短縮するために必須の施設？　機能？　で、大地人《だいちびと》からは転移門とも呼ばれている。これは一度触れておけば他のポータルから一瞬で転移ができるというなんとも便利な代物。ただし、この【C・C・O】のポータルでは転移距離に比例して、お金を動力として自動で徴収されるという設定らしい。

徴収された貨幣がどう動力に還元されるのかとか、減ってしまった貨幣が流通に影響を与えないのかという疑問もなくはないけど、その辺はゲームだから気にしちゃいけない。

そしてポータルにはもうひとつ大事な役目がある。それが死に戻りの際の復活地点《リスポーン》として登録ができるということだ。プレイを進めていくうちに探索範囲が広がって、複数のポータルをアクティベートした場合は、任意のポータルを復活地点として定めることができるようになる。

つまりポータルを登録することはプレイヤーである夢幻人《むげんびと》たちには利益しかないので、移動先で見つけた場合は絶対に登録しておきたい。


そのポータルを目指しながらすれ違う人たちを失礼にならないように観察する。リイドの人たち以外を見るのは初めてだから実はそれだけで結構楽しかったりする。大地人、夢幻人、そしてそれぞれの獣人、エルフ、ドワーフ、人間たちが普段着だったり、鎧《よろい》姿だったりの様々な恰好《かっこう》で、大通りの両脇に立ち並ぶお店を覗《のぞ》いたり、屋台で売られるような串焼《くしや》きを買って食べたりしながら道を歩いている。

「そういえばお腹《なか》が空《す》いたな」

美味《おい》しそうに串焼きを食べている冒険者らしきドワーフを見て空腹に気が付く。チュートリアル中は食べなくても問題なかったけど、チュートリアルが終わると空腹を感じるようになるのを忘れていた。朝はいつも通りおかみさんのところで食事をしてきたけど、それ以降は何も食べていなかった。草原や南門でかなり時間を使ってしまったため、時刻はそろそろ夕方。私もなにかを買って食べようか。

「あ……」

『む？　どうかしたのか』

「ああ、ごめんアオ。なんでもないよ、よく考えたらいま無一文だったなぁって気付いただけ。なんとかならない？」

『……我にはどうにもできんな』

呆れたような思念を飛ばしてくるアオに『ですよね～』と応《こた》えつつ、きゅるると鳴るお腹を押さえる。そんなところまで細かく作りこまなくてもいいのに……。

リイドではお金を使うことがなかったのにお金がないのは、チュートリアルクエストで貰ったお金を全部使ってファムリナさんのお店で清水のマグを買ったから。ちなみにシークレットクエストの報酬を使ってもう一個買ったので、清水のマグはペアカップになっているけど後悔はしていない。清水のマグで飲む水は美味しいしね。

「となると……これから依頼を受けると時間がかかるし……手持ちのもので達成できる依頼があれば達成するか、あとは買い取りをしてもらうか、だな」

事前収集した情報では、冒険者ギルドはポータルが設置してある噴水広場沿いにあるらしいから、ポータルのアクティベートのついでに顔を出してみよう。

「うわ、通りも人が多かったけど、噴水広場はさらに凄《すご》いな」

【C・C・O】はそれなりに人気ソフトだけど、VRMMOとしては後発だし、出荷数はそれなりに多かったから発売直後に購入できなかったという人はほとんどいない。だから数カ月経過した今なら、あえて第一の街にとどまっているようなプレイヤーはそんなにいないと思っていたんだけど、その予想に反して広場には人が溢れていた。でも、確かに街の造りやギルドの配置を考えたらこの噴水広場に人が集まるのは必然か。

「あら、見ない顔ね、お兄さん」

「え？」

噴水の周りを流れる人を見てそんなことを考え込んでいた私に、突然声をかけてきたのはウェーブのかかった茶色いロングヘアーで赤い紅をさし、胸元が大きく開いたワンピースを着た色っぽいお姉さんだった。まず、その見事な胸の谷間におもわず視線が向いてしまうが自制心を発揮して全体を確認すると、初見の感想としては娼婦《しょうふ》っぽいイメージを受けてしまい警戒心が先に立つ。

このゲームは成人指定なので普通に娼婦や娼館も存在しているし、そういうお店で働く人たちを色眼鏡で見るつもりはない。始めたばかりの初心者に手が出せるような料金設定ではないらしいけど、この街にも娼館などがある区画がある。だから、陽《ひ》が落ちかけている今、この広場まで客引きに来ているということも十分に考えられる。

でも、私自身はイケメンというほどではないし、見た目も初心者まるだしでお金があるようには見えないはず。それによく見れば周囲には見るからに上客だと思われる人もたくさんいる。自分で言うのはちょっと空《むな》しいけど、この人くらい綺麗《きれい》な人なら、あえて私に声をかける理由はないだろう。

「初めてこの街にきましたので」

「あぁ、お兄さんも夢幻人さんなのね。ということは迷子《まいご》なのかしら？」

「いえ、そういう訳では。ただ、思ったよりも人が多かったのでどうしたのかなと思っただけです」

「そうねぇ、ここは夢幻人さんたちの待ち合わせ場所として使われることが多いし、四つの角にはそれぞれ冒険者ギルド、商人ギルド、生産者総合ギルド、住民登録所があるから、いつもこんなものよ」

「なるほど、そうなんですね」

色っぽいお姉さんはすすっと近寄ってきて私との距離を自然に詰めると、大胆に胸を押し付けてくる。その感触はとてもゲーム内とは思えないほど素晴らしいものだけど、こんな人通りの多いところでそんなことをされると、周囲からヘイトを稼いでしまう。ちょっと惜しい気はするけど、そろそろ離れてもらおう。

「いきなり悪目立ちしたくないので、その辺にしておいてくださいね。シェイドさん」

「あら、やっぱり見破られちゃう？　今の変装はリイドのときとは違って【看破】のレベルが少し高いくらいでは見破られない自信があるんだけど。なんでわかってしまうのかしらね、ちょっと悔しいわ」

妖《あや》しい微笑《ほほえ》みを浮かべてから口をとがらせるシェイドさんは、どう見ても女性にしか見えない。素直に体を離してくれたシェイドさんだが、本当にこの人は何に変装しても、まったく違和感がない変体（変態ではなく）だ。

リイドでの修業中も、人を見る訓練という名目で頻繁に誰かに変装して接触してきていた。現実世界での私がなんとなく感情を察することができるという能力を持っているせいか、最後までシェイドさんの変装が見破れなかったことは一度もない。でも、結局シェイドさんの性別を断定することはできなかった。

女の変装をしているときは、さっきみたいにとってもいい感触のものをお持ちだし、男の変装をしているときは、胸板はしっかり男だった。胸板については、不本意ながらも服の上からちょっと触らせてもらったけどちゃんと筋肉だった、間違いない。

その他にもいろいろ調べてみたんだけど、結局なにひとつ断定できるようなものはなく、もうそういう不思議な人なんだということで納得して考えるのを放棄しました。なので、シェイドさんと話をするときは、現れたときの姿かたちに合わせた対応をすることにしている。


「イチノセにいたんですね、偶然ですか？」

シェイドさんはウイコウさんにグロルマンティコアの情報を伝えた後、すぐにまた情報収集のためにどこかへ消えていた。それなのに今この場にいるというのは偶然ではないのだろう。

「ふふ、あなたがこの街にくるタイミングを見計らって戻ってきたんだから、たまたまではないわよ」

「私に用事ですか？　またユニークレイドを見つけてきたとかはやめてくださいよ」

チュートリアル終了直後にいきなりユニークレイドと戦わされるとか、いくらチートな仲間たちがいてもハードモードすぎる。とにかくいろいろすっ飛ばしすぎだ。

「それはまたおいおいね。いまは世の中が思ったより変わっちゃっているから、基本的な情報を更新するのに忙しいのよ。幸い昔作った組織がかろうじて残っていたから、そこを立て直したら動かせる駒《こま》も増えるけど」

「……それってやっぱり後ろ暗い組織ですか？」

「そうねぇ、もともとは組織的な情報屋って感じだったんだけど、いまは報酬次第でなんでもする暗殺ギルドのような感じかしら？　たぶんちょっとずつ欲に負けた人間が増えていったのね」

なるほど……情報が集まればそれを利用してお金儲《かねもう》けをしようとしたり、悪いことをしようとする人は出てくる。最初は清廉な組織だったとしても、そんな人間が徐々に増えていけば、いずれ組織全体が変質して腐っていくことになるってことか。

「人の欲っていうのは、やっかいなものね」

私が考えていたことがわかったのか、シェイドさんが憂いを込めた声を漏らす。その姿はどう見ても綺麗なお姉さんにしか見えない。

「そうですね……でも人々の生活を楽にしてくれるいろんな道具も、人間の『もっと楽をしたい』という欲から生まれたものですから、一概に悪いとは言えないですよ」

「へぇ……そうね、確かにその通りだわ。欲はあってもそれをどう昇華するかは人それぞれ、欲することと自体は悪いことではないものね」

「で？」

「え？　……なにが？」

あざといくらいに可愛《かわい》らしくきょとんとするシェイドさん。どうしてこれで中身が女だと断言できないのだろう。

「……私に用事があったんじゃないんですか」

「あぁ！　そうだったわね。ちょっとあなたに渡したいものがあったのよ」

ぽむ、と手を叩《たた》いたシェイドさんはなぜか胸の谷間に手を入れると、豊満な塊の間からなにかを取り出して私の手の平に置いた。……うん、ぬくもりがリアルにエロい。

「指輪……ですか？」

「例の組織の清掃中に幹部のひとりがいい物を持っていたから、あなたに必要かと思ってわざわざ持ってきてあげたのよ」

リイド解放以降、情報収集のために常に飛び回っていて忙しいシェイドさんがわざわざ持ってきてくれた装備か。今の私に必要なものってなんだろう？

いまはお腹が減りすぎてて屋台で料理を買うお金が欲しいくらいしか思いつかないけど、とにかく鑑定してみるか。

『欺罔《ぎもう》の指輪　INT《知力》＋2　MND《精神力》－《マイナス》1
【人物鑑定】に対して偽りの情報を表示する。ただし身体能力は偽れない』

なるほど、つまり私の身体能力を表す数値は偽れないけど、職業や称号、それに記録と加護、そしてスキルを隠すことができるってことか。

「【人物鑑定】を取得している人はほとんどいないと思うし、詳細な情報まで鑑定できるような高レベルの人なんてさらに少ないでしょうけど、あなたのステータスはいろいろ面白いのだから気を付けるにしたことはないでしょう」

「……面白いと言われるのは心外ですけど、確かにこれは嬉《うれ》しい道具ですね。リイドが長かったので忘れていましたけど、私の場合は称号、記録、加護、スキル、そしてそれらの数。どれを見られても困るものばっかりですから」

「ふふ、そうね。いらぬトラブルに巻き込まれないためにも対策は必要よ」

「そうですね。そう考えると確かにありがたい装備です。ありがとうございます」

貰《もら》った指輪を右手の中指に嵌《は》めて、左手でタップするとステータス画面が開く。ここから設定をするらしい。

レベル関係の数値はかなりスキルレベルが高くないとわからない情報だから無視して、あとは普通にチュートリアルを終了した感じで……こんな感じか。

名前：コチ　種族：人間　職業：魔物使い《テイマー》　副職：なし
称号：なし　記録：なし
加護：【トレノスの加護】
HP《生命力》：250／250　MP《魔力》：250／250
STR《力》：10　VIT《体力》：10　INT：10　MND：10
DEX《器用》：10　AGI《敏捷》：10　LUK《運》：107　SP《ステータスポイント》：20
スキル

（武）
【体術】
（魔）
【水魔法】【土魔法】
（生）
【採取】【調合】
（特）
【調教《テイム》】

とりあえず偽装完了。

コンセプトはチュートリアル後に魔物使いに転職したという設定。職業については魔物使いか召喚士《サモナー》じゃないと従魔である四彩獣を連れ歩けないし、召喚士は上位職だから事実上一択。称号、記録はばっさりと落として、加護はひとつならチュートリアル中に貰えた人も多いと予想してひとつ残す。

そして転職時に選べる五つのスキルは適当にバランスよく。最後の【調教】は職業スキルなので別枠。私自身は【調教】を取得していないが、魔物使いの職業スキルを覚えていないと怪しすぎるので追加した。【召喚魔法】があるからと思って習わなかったけど、【調教】も今度ニジンさんに教えてもらうか……ただ、あの人いろいろ面倒くさい人だからなぁ。必要に迫られてからでいいか。

「それじゃあ、私はそろそろいくわ。なにかあったら遠慮なく連絡してね」

「わかりました。本当にありがとうございました」

「いいのよ」

「あまり危ないことはしないでくださいね」

「あら、心配してくれるの。ありがと」

「あたりまえじゃないですか。私たち夢幻人と違って、皆さんは死に戻りとかできないんですよ。いくら強いからと言っても何があるかわからないんですから」

「……ふふ、心配されるなんて久しぶりね。とても新鮮で……嬉しいわ。だから約束してあげる、無茶はしないわ。じゃ、またね」

　シェイドさんは小さく手を振って微笑みながら、軽く投げキッスをして人混みに消えていった。やれやれ、シェイドさんの神出鬼没ぶりにはこれからも驚かされそうだ。

「さて、まずはポータルを登録しないと」

　ポータルの本体は噴水の中央にある水晶柱だが、登録や使用は噴水の東西南北にある石碑に触れることでできるらしい。ちょうど南側の石碑が空いたので、そこに手を触れると視界にポータルメニュー画面が開く。ポータルの登録自体はこれだけで終わり、あとは今後ほかの街のポータルを登録すれば、有料だけどイチノセに簡単に戻って来ることができる。

「復活場所は…………あれ？」

念のためリスポーン地点を確認しようとしたところで私の指がとまる。なぜならリスポーン地点の設定画面がグレーアウトして操作ができなかったからだ。

えっと……つまりイチノセしかリスポーン場所がないからってこと？　いや、違うな。それにしたってリストくらいは出てきたっておかしくない、でも私のメニューは項目自体がグレーアウトしているんだから。

『無知蒙昧《むちもうまい》。なにを迷うことがある、お前はまだ〔見習い〕なのだろう？』

「あ！　……そうか」

アオに言われて気が付くとは……確かに私は〔見習い〕。そして見習いはデスペナルティがない。それは、死亡の直前にリイドの神殿前に強制的に転移させられるからだ。だから私は通常の『死に戻り』という言葉ではなく『神殿送り』という言葉をあえて使っている。

ということは……私はどれだけ遠くの街に行っても死亡するほどの攻撃を受けたらリイドに戻るってことか……微妙だなぁ。

でもリイドへと戻ろうと思ったときには、どんなに遠い場所からでも死に戻り（死んでないけど）をすればリイドに直帰できる。それはメリットといえばメリットだけど、逆に死んだ場所に戻るためにはリイドからイチノセまで歩いて、そこからポータルで転移してという手順を踏むしかなくなる。活動範囲が広がれば広がるほどこの弊害が大きくなるから、できればなるべく早いうちに簡易ポータルを買ってリイドに設置したい。

問題は簡易ポータルって確かホーム専用の設置アイテムだった気がすること……リイドの街って私のホームとして認められるのかな？　まあ、いずれにしろ懐に余裕が出来たらの話なんだけどさ。

という訳で、やっと普通の冒険者ギルドに到着した。長かったなぁ、早い人ならゲーム内時間で開始して数時間でイチノセまで普通に到着できるのに、私はほぼ一年かかっている。それにリイドの冒険者ギルドでは職員がガラとミラだったせいか、ギルドっぽいことはチュートリアルクエストの毛皮の納品だけで、あとは奴らに飯を喰《く》わせているか、訓練という名目でボコられていたかのどっちかだったからな。

初めて入ったイチノセの冒険者ギルドを見回すと、一階は大きなロビーとずらりと並んだカウンターがあり、各カウンターの上には担当業務を表示した看板が吊《つ》るしてあって、どこか銀行の窓口を思わせる。

「登録はリイドで済ませてあるから、買取か依頼の窓口かな。依頼票は……あった」

振り向いて入口側の壁を見ると……あるある。さすがに本来の意味での始まりの街。依頼もたくさん貼ってあった。お手伝い系の街中で小金を稼げる依頼、採取や採掘絡みの納品依頼、そして魔物の討伐依頼や素材納品依頼までさまざまな依頼があって、いろいろ目移りしてしまうけどいま私が欲しいのはすぐにお金になる依頼だ。

「あった！　良かった、これですぐにご飯が食べられる」

『納品依頼：Ｆ
癒草《いやしそう》×１０
期限：なし

報酬：３００G』

『納品依頼：F
浄花草《じょうかそう》×１０
期限：なし
報酬：４００G』

現状、私が持っているのは道中で摘んできた癒草や浄花草。ゼンお婆さんに持ち込む分もあるけど、当座の資金として使う分くらいは持っている。でも、南の草原でも採取できるようなものだからか報酬が安い気がする。さっきの串焼《くしや》きが一本５０Gだったから、だいたい５００円くらいとして、報酬は３０００円と４０００円。これくらいなら依頼のために納品しないでリイドに持ち帰った方がいい。となると今回の本命はこっちだ。

『納品依頼：E
グラスラビットの毛皮（白）×１０
期限：なし
報酬：３０００G』

【兎の圧制者《ラビットタイラント》】を取得するほどに乱獲した結果、インベントリへ大量に放り込まれているグラスラビットのレアドロップ（笑）。街の人たちの装備を作るのに利用しつくしてもまだ使い切れていないこいつを有効活用するときがやっときた。ちなみに私が着ている外套《がいとう》もグラスラビットの毛皮（白）を素材にして作られている。

「すみません、依頼を受けたいのですが」

依頼票を剥《は》がして依頼の受注・報告のカウンターで、ちょうど空いたところがあったのでそこへギルドカードと一緒に提出する。

「はい、依頼担当エリナが承ります」

応対してくれたのは、エリナさんという栗色の髪を短く切りそろえたボーイッシュな人族の受付嬢さんだった。営業スマイルなのかも知れないけど、元気な笑顔とはきはきとした話し方で第一印象は高得点。

ミラは着ていなかったけど、どうやらギルドの受付嬢専用の制服があるらしく、あまり露出の多くないきちっとした服装をしている。普通のゲームだとこういう人は胸元が開いたりした色気のある服装をしていそうなものだけど、ゲームだからとNPC（大地人）に何をしたって構わないと考えるような馬鹿な夢幻人が出ないための対策なのかもね。

「はい、確認しました。夢幻人のコチ様、依頼はグラスラビットの白毛皮の納品で間違いないですか」

「はい、間違いないです。あ、毛皮はいま手元にあるのでそのまま納品までお願いします」

「そうなんですね、それは助かります。グラスラビットの白毛皮を用いた製品はイチノセの人たちがちょっと奮発すれば買えるちょうどいい贅沢品《ぜいたくひん》なんですが、あまり入ってこないんです」

入ってこない？　グラスラビットは南の平原に行けばいくらでも湧《わ》くし、レアドロップとは言っても普通なら十羽も倒せば一枚くらい……あ、なるほど。

十羽で一枚なら依頼を達成するためには百羽か。夢幻人にとってグラスラビットの経験値は美味《おい》しいものじゃないし、依頼のために百羽もグラスラビットを狩るくらいなら他のエリアでレベルを上げたほうが断然効率がいい。

「この街に来たばかりの夢幻人さんだと数枚売ってくれることはあるんですけど、依頼達成の十枚をまとめて持ってきてくださる方はあんまりいないんです」

「十枚じゃないと駄目な理由とかあるんですか？」

「はい、外套やマントなどを作成するのに最低十枚はないと駄目なんです。買ったものを保管しておけばいいんですけど、作成に使用した毛皮の狩った時期がずれればずれるほど完成品の質に影響するみたいなので……その点、夢幻人さんたちは素材などを保管しておく術《すべ》がありますから」

「なるほど、確かにグラスラビットの毛皮は大きなものじゃないですからね。だとすると、依頼品の十枚だけじゃなくても買い取って頂けたりします？」

「え、本当ですか？　もしお売り頂けるのなら勿論《もちろん》買い取らせて頂きます。単品での買い取り金額は本来150から200というところなんですが、依頼とは別に十枚以上お売り頂けるのなら全部300で買い取らせて頂きます」

それだけ品薄ならば私のインベントリを圧迫している毛皮たちを買い取ってもらえるかも知れないと思って聞いたんだけど、エリナさんの食いつきが想像以上だった。だけどいつもなら200にしかならない毛皮を300で買ってくれるというならこちらとしてもありがたい。

「じゃあ、売ります」

「ありがとうございます！　それでどれくらいお持ちなんでしょうか。そ、それ次第では私も今年は白兎《しろうさぎ》のコートが買え……ん、んっ！　失礼いたしました。それではこちらにご提出ください」

「いえ、お気になさらず。エリナさんもきっといいコートが買えると思いますよ」

つい本音が漏れてしまったことを、顔を赤らめて慌てて取り繕うエリナさんは結構可愛《かわい》い。私を苦しめたこの白毛皮がこの街の皆さんのお役に立つのなら、全部買い取ってもらおう。

私はインベントリを操作すると全部の毛皮をカウンターの上に……

「ふぇ！　え？　え、えぇぇぇぇぇぇぇぇ！」


「あの、大丈夫ですか？」

さすがに多すぎたか……積み上げた白毛皮の向こうにエリナさんが消えてしまった。グラスラビットはなんだかんだで千羽以上倒していて、私のＬＵＫ補正によるレアドロップ率は最終的に七割に届くかどうかくらいだった。一部はリイドで装備の素材として使ったけど、レアドロップとは言っても最弱の魔物の毛皮なわけで強い装備の素材には成り得ない。だから作ったのは装備というよりは普段着？　【裁縫】と【鍛冶《かじ》】の熟練度稼ぎのために作った外套とかマントとか帽子とか手袋とか革鎧《かわよろい》とか。どれも装備としての性能は頼りにならないけど戦闘以外で身に付けるならちょっとおしゃれ、的な？

で、使い切れなかった白毛皮がだいたい七百枚くらい残っていて、驚かせようと思ってそれを一気にカウンターに出したわけなんだけど……高く積みあがった白毛皮のバランスが崩れ、しかもよりによってエリナさんの方に倒れたもんだからエリナさんが白毛皮に呑《の》み込まれてしまっている。素直に少しずつ出せばよかったと反省。つい、異世界もののライトノベルなんかにあるテンプレ『納品依頼の品を大量に出して驚かれる』をやってみたくなってしまった。

「……ふ、ふふふ、ふふふふふふ、こ、この手触り、間違いなくグラスラビットの白毛皮。あぁ～ん！　これだけあれば念願のコートが間違いなく安く買えるぅ～！　あ………んんっ！　それではコチ様、こちらの白毛皮を全《すべ》て売却して頂けるということでよろしいですね」

白毛皮に埋もれながら、異性に見せてはいけない顔で毛皮の中でごろごろしていたエリナさんが、私の視線に気が付いた途端にきりっとした顔で聞いてくる。まあ、毛皮の中に埋もれて寝転んだ状態で言われてもまったく意味はないです。

「じゃあ、それで」

「はい！　またよろしくお願いします！　あ、あと例の件は秘密ですからね」

「了解です。また依頼のときはお願いしますね」

その後、冷静になったエリナさんにいったいどれだけグラスラビットを狩ったのかと、呆《あき》れられる一場面もあったけど、白毛皮に囲まれて終始笑顔のエリナさんだった。しかも、よほど嬉《うれ》しかったのか、テンションが上がったエリナさんからフレンド登録を持ちかけられた。もちろん、即了承です。

という訳で、端数を除いた白毛皮七百二十枚を一枚３００Ｇで買い取ってもらって約22万Ｇを手

に入れて冒険者ギルドを出た。これは結構な額だ。感覚的には現実世界でいう２００万円くらい？

これでさしあたっての活動資金は十分だけど、実は装備も道具も買わなきゃいけないものはほとんどないし、買うとしたら市場システムで売り出されている素材系アイテムくらいかな？　あ、簡易ポータルの値段は確認しておかないと。ていうかまずはご飯。


「まいどあり！　また買ってくれよな」

〈森猪《もりいのしし》の串焼きのレシピを入手しました〉

〈角鶏《つのどり》の串焼きのレシピを入手しました〉

〈森狼《もりおおかみ》の串焼きのレシピを入手しました〉

〈森猪の串焼きのレシピBを入手しました〉


で、大通りの店で大地人から買った何種類かの串焼きを食べてみる……んだけど、なんというかこれ、まずくはないけど美味しくない。いくつかの店舗をはしごしてみたけど、味が薄かったり塩ばかりが大量に振りかけられていたりであんまり味にこだわりがないのがわかる。それにレシピがどうとかっていうアナウンスもあったけど、この味では料理のレシピがあっても意味がないから、確認も不要かな。

肉は西の森に出るボア系の肉や北の草原にいる鳥型や狼型の魔物の肉らしくどれもグラスラビットより脂も旨味《うまみ》もあるのに、おかみさんほど下処理に力を入れてないからちょっと臭みがあったり、筋があったりで素材を活《い》かしきれていない。ボリュームはあるから空腹度を回復するという意味では問題ないんだけど……どうせならもっと美味しい物が食べたい。

どうやら長いことリイドにいたせいで私の舌は、おかみさんの美味しい料理が基準の贅沢《ぜいたく》なものになっているらしい。

となると、私がこの街で最初にやるのは携帯調理セットと調味料を買って、食材を集めて自分で料理するという食の自給自足ができるようにすることか。特に食材に関してはしっかり収集して、おかみさんにもいろんなものを持っていってあげたい。そうすれば乏しい食材だけでもあれだけの料理を作っていたおかみさんが、思う存分腕を奮った極上の料理が食べられるはず。ああ、やばい、今から凄《すご》い楽しみだ。


味はとにかく、ひとまずお腹《なか》は膨れたので、噴水広場に戻り職人ギルドとも呼ばれている生産者総合ギルドで携帯できる生産者用の設備セットを購入。買ったのは『簡易調理セット』、『簡易鍛冶セット』、『簡易裁縫セット』、『簡易細工（木工・彫金各一）セット』の五セット。

調合関係はゼンお婆さんから譲ってもらった道具があるのでいらない。特殊な調合は道具の性能がよくても、使い慣れている道具じゃないと微妙な調整ができなくて失敗が増えてしまう。

各種セットは一番安い初心者用は５０００から1万Gくらいで買えるけど、今回買ったのはちょっと奮発した中級者用。中でも調理セットはもうワンランク上のもので、簡易キッチンみたいな設備。ＭＰを使ってコンロ的なものに火を点《つ》けたり、水を出したりできる機能が付いていて、調理器具等一式込みでなんとお値段10万Gもした。

その他も、中級者が使用するレベルのセットでそれぞれ2万５０００G。別に生産職って訳でもないし、リイドに戻れば道具は貸してもらえるのにお金があったのでつい買ってしまった。さらに各種調味料や、リイドで育てていない作物、そしてほんの少しだけ見つけた魚の干物（勿論買い占めた）なんかを買い集めたら残金はあっという間に1万ほどになってしまった。でもこれで外にいてもいろいろ自作できるようになったのはありがたい。お金はなくなっちゃったけど、安い宿屋なら500Gもあれば泊まれる。初心者がこの街に来たばかりの状況と比べればまだまだ余裕はあるし、また稼げばいい。

ちなみに簡易ポータルの値段も調査したけど、一番安いものでも100万Gオーバーだったのでそちらはまたの機会。

「ということで、お金稼ぎも兼ねてひと狩り行くとして……どこに行こうか」

マップ機能を使ってフィールドマップを表示しながら、公式ホームページなどで調べてきたイチノセ周辺の情報を思い返してみる。

イチノセの周囲は北と南が草原。南は種族レベル3以下推奨で、北は8前後、10を超えると西の森エリアが探索範囲に加わり、12以上なら東の荒野。というのがプレイヤー間の認識らしい。第二の街のニノセは西の森を越えた先で、サンノセはイチノセの北東方向にあるらしいが、東の荒野、北東の水の森、北の草原を抜けた先の湿地帯など、どのルートを選んでも難易度が高いとのことで、普通は西のニノセに行って、その先のカイセという港町へ行くらしい。

「……森かな」

ぶっちゃけると草原は飽きた。種族レベルはまだ6で職業〔見習い〕、サブ職業もない状態だけど、護衛としてアオもいてくれる。それに最悪やられてしまっても、私の場合はリイドに飛ばされるだけでデスペナルティはないから時間的なペナルティしかない。

なにより森の中なら薬草類だけじゃなくて木の実やキノコの採取も期待できるし、木そのものの伐採で木材が手に入る可能性もある。そして勿論森の魔物を倒すことができればそのドロップだって入手できる。普通はひとりで採取、伐採、戦闘をこなせないだろうけど、私にはチュートリアル中に覚えたスキルの数々がある。せっかくたくさんのスキルがあるんだから、なるべく活用していきたい。

となれば準備だけど……装備は変更できないからこのままでいい。ポーション系のアイテムはリイドで作ったものがインベントリに入っているからよし。

問題があるとすれば間もなく日が暮れることとか、でもこれも【光魔法】なら灯《あか》りを作り出せるし【闇魔法】なら視力を強化して暗闇《くらやみ》を見通す支援魔法がある。私が持っている【暗視】スキルと併用すれば夜の森でもなんとかなると思う。

「よし、アオ。これから森を探索にいくから、なにかあったら頼むね」
『承知。もっともこのあたりで我の力を必要とするようでは我が主《あるじ》として先が思いやられるぞ』
「はは、手厳しいね。一応適正レベルが上のエリアだから念のためだよ」
『ふむ。謙虚、慎重は悪いことではないな』

「そういうこと、いざというときはよろしく」

　やや皮肉気なアオなりの了承を貰《もら》ったところで西通りが終わり、西門に辿り着く。さすがに森に面する門だけあって、衛兵もふたりがきちんと両脇に控えていて、小さいながらも詰所のようなものも設置されている。門の通過に関しても入るときには身分証の提示を求めているようだが、出るときはフリーのようで特に呼び止められるようなことはない。見た感じだといまは街を出る人よりは入ってくる人の方が多いようだ。

　街に入る人たちの身分証を確認している衛兵さんに軽く頭を下げて街を出ようとすると、詰所にいた衛兵さんが私を呼び止める。

「これから外へ出るのか？」

「はい、森で少し狩りをしようかと」

「それは構わないが、街の門は日没後三十分で閉じられて次に開くのは日の出の時間だ。外で夜を明かすつもりがないのなら、それまでに戻ってくることだ。もし間に合わなかった場合は、なるべく門の近くの街壁に近いところで休むといい。閉門に間に合わなかった者たちが集まるから、いくらかは危険を回避しやすいだろう」

　そうか、リイドはアルの怠慢のせいか常に門は開けっ放しだったけど、魔物がいるような世界設定なんだから夜の街への出入り禁止は当然だろう。そういう事情ならこの時間帯に街から出ようとする人がほとんどいないのも当たり前か。今回衛兵さんが声をかけてくれたのは、街から出る人が少なかったから目立ったのと、私の装備が初心者の装備に見えたから、私を街に来たばかりの夢幻人だと判断して親切に教えてくれたのかな。

「わかりました、ご丁寧にありがとうございます」
「うむ、気を付けてな」

アルとは雲泥の差で職務に忠実な衛兵さんにお礼を言って街を出る。さすがに少ないとは言っても人の出入りはそれなりにあるし、南門のコークスさんのときみたいに門番の人と会話を楽しむ余裕がないのは残念だけど仕方がない。

森までは歩いて一時間くらいらしいので、いま街を出ると森まで行った時点で門限に間に合わず戻れない可能性が高い。でも、最悪森の中で野宿になっても【神聖魔法】で結界を張ればこのあたりの魔物相手なら十分安全は確保できるはず。

……う～ん、アオの皮肉ではないけど、少し慎重さに欠けているだろうか。でも、基本はゲームなんだから楽しむためには多少の冒険心は必須《ひっす》だろう。

リイドでの生活は楽しかったけど、チュートリアル用の空間だったのでできないことも多かった。それが終わって、自由にやりたいことができるという状態になったことで、少し浮かれている部分があるのは認める。

だけど、リイドで一生懸命に修業して身に付けたことが、どこまで通用するのかはすぐにでも試してみたい。そう考えると適正レベルが少し上で、人目が少ないだろう夜の森というのはいい選択だと思う。

第二章　教え

森までは草原が広がっていて、おなじみのグラスラビットやラージラットという魔物が多く出るみたいなんだけど、私の称号のせいで襲ってきたのはカピバラよりも大きな鼠《ねずみ》の魔物であるラージラットのみだった。

強さとしてはグラスラビットよりもやや鈍重で跳躍攻撃がないかわりに、突進や噛《か》みつきなどの威力が高いという程度だったので問題なく討伐。ドロップはラージマウスの歯（鋭）と鼠の尻尾《しっぽ》。どちらも用途がよくわからなかったが【鑑定眼】で確認したところ、歯は鍛冶《かじ》やアクセサリの素材で尻尾は錬金素材だった。

兎《うさぎ》に関しては文字通り脱兎《だっと》状態、弓の射程にすら入ってきてくれないので、襲ってくる鼠だけを見習いの長剣でさくっと倒しつつ森に到着。でも予想通りここで日没を迎えてしまった。まだ空の端っこが茜色《あかねいろ》のヴェールを被《かぶ》っているが、すぐに完全な夜の帳《とばり》に覆われるだろう。

地球の都会のような光源がないここでは月明りと星明りだけが頼りになる。ましてや森の中なんてことになれば、ほとんど足元も見えないはず。

「『光灯《ライト》』を使って灯《あか》りを作ってもいいけど、魔物を引き寄せても面倒か……それなら『闇視《ダークビジョン》』かな。【暗視】スキルだけだと心もとないしね」

【闇魔法】スキルの呪文《じゅもん》である『闇視』は妨害系《デバフ》の呪文が多い【闇魔法】の中では珍しい支援系《バフ》の呪文で、対象に闇を見通す力を与える効果がある。暗い洞窟《どうくつ》なんかの探索などで重宝するこの呪文の優秀なところは、その効果時間が長いこと。一度かければスキルレベル×三十分くらい効果が続くので、私のスキルレベルなら三時間は効果切れを心配する必要がないのでとても使い勝手がいい。そこへ【暗視】スキルがあれば、相乗効果は絶大で完全に闇が苦にならなくなる。

念のため周囲に人の目がないのを確認してから、【無詠唱】で『闇視』をかけると黒く塗りつぶされようとしていた森が本来の姿を現す。さすがに昼間と同じとはならないが、赤外線カメラの白黒映像なんかと比べたら各段に普通の視界に近い。

「うん、十分。あとは装備の確認か」

森の中だと使いにくそうな見習いの長剣は腰に差し、取り回しやすい見習いの短剣を装備。念のため腰のポーチにポーションがあることもしっかりと確認しておく。

そして、【気配遮断】【索敵眼】【鑑定眼】を同時に発動しておく。行き先は……あまり考えなくていいか。マップ機能が開放されているので森の中を適当に進んでも帰り道がわからなくなることはないから、安心して探索ができる。

「よし行くか」

ひとりでちゃんとした冒険をするのは初めて。それなのに条件は夜の森。不安と緊張はもの凄くある。あるんだけど、それを上回るくらいわくわくしている。

こんな気持ちはリアルではもう何年も味わったことないな。リイドの人たちと知り合えたこともそうだし、こんな気持ちになれるゲームに引き込んでくれた姉さんには心から感謝したい。やり方はちょっと強引だったけどね。

そういえばこのゲームの中で先に姉さんを見つけるという賭《か》けもあったけど、さすがにサービス開始と同時に始めた姉さんがイチノセ周辺にいるとは思えないし、姉さんなら公平を考えてイチノセ辺りで待ち伏せするようなことはしないから、少なくとも次の街に行くまでは気にすることなくこのゲームを楽しめる。

◇◇◇

「おっ、あるある」

最初はニノセの街へと抜ける道を歩いていたけど、さすがに道から見える範囲には採取できるようなものはなかったので、適当なところで道を外れて森の奥へと踏み入った。少し奥へ入って周りを見渡してみるとあるある、【鑑定眼】にいろんなものが引っかかる。なんだかとても楽しくなってきたので、とにかく見つけたものを次から次へと回収して森の中を歩きまわった。

その結果、一度目の『闇視』が切れる頃《ころ》には結構な成果を上げることができた。【植物鑑定】スキルを持つ夢幻人《むげんびと》があまり探索をしていないのか、それとも薬草類なんかの再配置のサイクルが短いのか、それはわからないけど『癒草《いやしそう》』『浄花草《じょうかそう》』『癒快草《ゆかいそう》』なんかはとても豊富で、毒草に分類される『黒澄草《くろずみそう》』『困惑草《こんわくそう》』もあるし、少し奥へ入ったら夜にだけ紫の花を咲かせる珍しい『紫薇冷《しびれ》草《そう》』なんかもあった。

キノコ系では『赤茸』『黄茸』『茶茸』の食用茸、毒系では『青茸』『黒茸』『紫茸』が少数ながら収穫できたし、木の実もざっと確認できただけで『ザーロ』『クーミ』『クーリ』『ギーナン』があったので、こちらも回収。

木材系も『ブーナ』『ナーラ』『クヌ・ギ』の木があったので、ドンガさんのところで作った伐採用の斧《おの》で素材化してインベントリに入れていった。

とりあえず確実な視界確保のために『闇視』の魔法をかけなおしてからインベントリをチェックする……う、これやばいな。ついさっきまでは兎の毛皮と肉だけで埋め尽くされていたインベントリに多種多様な素材が加わっていくのが楽しすぎる。

『主よ、楽しんでいるところに水を差すようだが……囲まれているぞ』

「え？　……あ、しまった。夢中になりすぎて【気配遮断】も【索敵眼】もオフになってる」

このスキルは常に発動を意識していないと、効果が自動的にオフになってしまう仕様。どうやら素材の回収に夢中になりすぎて【鑑定眼】以外を疎《おろそ》かにしていたらしい。

（コチよ。素材集めは常に魔物と遭遇する危険がある。どんなときも警戒を怠るんじゃないよ）

あれだけゼンお婆《ばあ》さんに何度も言われていたのに私としたことが。すみませんゼンお婆さん。

慌てて【索敵眼】を使って周囲を確認するが、アオの言う通り確かに四方を囲まれていた。いまさら隠れてやり過ごすとかはまず無理だろう。まったくいつの間にこんなに……っていうかアオならもっと早く気が付いていたんじゃ？　だったらもっと早く教えてくれても！

『謙虚で慎重なのだろう？』

「ぐっ！」

気付いていたのにあえて囲まれるまで教えてくれなかったってことか。私が素材集めに夢中になりすぎて周囲の警戒を忘れていたのを戒めるつもりだったんだろうけど……さすがは元災厄級の魔物だけあって主《あるじ》にも甘くない。まあ、百パーセント私が悪いから文句は言えないけど。

さて、逃げられそうもないしやるしかないんだけど……

「結構数が多いな……しかも木の上と草むらの中に反応があるということは二種類以上の魔物か。最後の方は普通に大きな音をたてて木を斬ったりしていたのに、魔物が集まってくる可能性を考えなかったのはリイドの環境に慣れすぎていたのもあるんだろうけど……結局はどれだけ浮かれていたんだっていう話だよね。これはアオからの手厳しい指導もやむなし、だな」

だからと言って、いきなり神殿送りにされるのはアルに馬鹿にされそうだから避けたい。やるだけやってだめなら仕方ないけど、簡単にやられるつもりはない！

私は短剣を左手で構えつつ、インベントリから慣れた手つきで石を取り出す。これは投擲《とうてき》用にいつも一定数を確保しているただの石。だけど上位スキルの【投王術】で投げれば無視できない威力を出せる。

「まずは……上！」

『‼』

樹上、【索敵眼】の示す反応のひとつに向かって石を投擲。バキバキと枝葉を突き抜ける音と同時に甲高い叫びが上がり、一拍後にどさりと何かが落ちてくる。

即座に鑑定をすると落ちてきたのはビッグアイズモンキー、レベル16。大きな目玉と長い手足が気持ち悪い見た目の猿。そして草むらから出てきたブラックウルフ。こっちはレベル17、中型犬くらいのサイズだけど黒い毛並みに黄色い目で闇《やみ》に溶け込む狼《おおかみ》だ。

当然どちらも夜行性。しかもどうやら夜は魔物のレベルも上がるらしく、事前情報で調べていた適正レベルよりもかなり高い。そんな魔物が合わせて二十以上か、なかなか厳しい。

そんなことを考えたのも束《つか》の間《ま》、左右から跳びかかってきた黒狼たちを一歩下がってかわし、頭上の木の枝からぶら下がるように攻撃してきた手長猿の攻撃を短剣で受け流す。

さらに下がって樹木を背にすると追いすがってきた一体の黒狼の噛みつきを短剣で受け、横合いから飛び出してきたもう一体の横っ面に蹴《け》りを入れると、そのまま背中の木に巻き付くように移動して一気に走る。

囲みを崩しながら少しずつ相手をしないといずれ対処しきれなくなって詰む。私はとにかく魔物たちの包囲が完全にならないように気を付けながら、走って、避《よ》けて、受けて、時には石を投げ、殴って、蹴って一心不乱に戦う。そうして夢中に戦っているうちに不思議な感覚が私を包んでいた。

(いい、コォチ。短剣術に馬鹿力はいらない。必要なのは……)

「わかってますよ、ミラ。しなりと速度、そして最短で最適な剣捌《さば》き」

頭上から飛びかかってきた手長猿を【索敵眼】で察知し、半歩下がった私は横から飛びかかってきていた黒狼の目を横薙《よこな》ぎに斬りつけ、そのまま着地したばかりで動きの止まった手長猿の首筋を薙ぐ。

「ですよね」

訓練でボコられながら何度もミラに叩《たた》きこまれた教えを無意識に脳内で再生しつつ、斬りつけた魔物は無視して次の魔物へとステップを踏む。視界による状況把握と、【索敵眼】による状況把握を無意識下で統合し、最適な次の動きを反射的に選択していく。

(コチ君、なによりも大事なのはそもそも多対一の状況にならないことだ)

「すみません、ウイコウさん。教えを活《い》かせませんでした」

またしても脳内をよぎる達人の教えに呟《つぶや》きで答える。同時に師匠たちから叩きこまれたことが私自身の中にしっかりと根付いていることがとても嬉《うれ》しい。

(それでも囲まれてしまったときは、焦らずに周囲の状況をしっかりと把握することだ。そして、自分の持ちうるすべての技術と、現場にあるあらゆる物を利用して同時に相手にする数を自分でコントロールするんだ。九対一よりも三対一を三回繰り返した方が生存率はいくらか上がるはずだ)

はい、ウイコウさん。

インベントリから出す暇がないので、足元に落ちていた石を拾って背後の黒狼を牽制《けんせい》。同時に視線を下げ無詠唱で【光魔法】の『光灯』を光量最大で頭上に放つ。

「ウギャギャギャ！」

樹上を移動していた手長猿たちの一部が悲鳴をあげ、何体かが落下。突然の強烈な光で、夜行性の黒狼たちも統率されていた群れでの動きに混乱をきたしている。

「今のうち」

その隙をついてようやく包囲を抜けると、【索敵眼】で周囲を確認しながら森の木々を右へ左へと避けつつ走る。どうやら目を潰《つぶ》された何体かは私の姿を見失ったらしく、私を追ってくる動きを見せていない。

このまま逃げ切りたいところなのに、少しずつ私を取り囲もうとしている気配は黒狼たちだろう。どうやら黒狼たちの鼻は誤魔化《ごまか》せないらしい、となれば私もこのまま黙って再包囲される訳にはいかない。

（こぉらコチ！　さっきから受けてばっかりじゃねぇか。相手に好き勝手攻めさせたうえでさらに全《すべ》てを受けきるのはよほどの実力差がねぇと駄目なんだぜ。あ？　俺とお前だったら？　んなもん俺にとったら余裕すぎておつりがくるな、しかも国家予算並みのおつりがな。おわ！　馬鹿、やめろてめぇ！　気に入らないとすぐに遠距離から石投げとか魔法攻撃しまくるのはやめろ！　あぁもう！　とにかくだ、自分から積極的に攻めて相手に好き勝手させないことも大事なんだよ！　わかったか！）

はいはい、わかりましたよ。脳裏をよぎってしまったアルの言葉におざなりな返事をしつつ、進む方向を鋭角に切り返して魔物の数が少ない方に自ら突っ込んでいく。

すぐに私に気が付いた黒狼たちが襲いかかってくるが、この辺りが所詮《しょせん》は魔物。ここは包囲が完成するまで私との距離を保つように退くのが正解だった。

飛びかかってきた最初の一体を近場の木を回り込んで避けると、後続の黒狼の首を短剣で斬り裂く。短剣は当然ながら剣身が短いため、余裕があるならば攻撃する場所は目、鼻、口の感覚器官か首筋や関節などが望ましい……っと。首を斬られ地面に倒れ込もうとする黒狼を【体術】を使って蹴り飛ばす。

おっと、ラッキー。動きを乱すだけの目的だったのに、蹴り飛ばした黒狼に巻き込まれて下敷きになったのがいたので、すぐさま駆け寄って首の骨を踏み折る。

その時点でさっと周囲を確認すると、残りの黒狼とは若干距離が空いたので、再度逃走。包囲しようとしていた一角を崩したおかげで逃げながらステータスを確認する余裕もできた。

うん。なんだかんだで十体近くは魔物を倒したし、戦闘時間もいい感じに長引いてきている。精神的な疲労はあるけど、体のほうはいたって元気だしＭＰも温存できている。最初はあまり大きなダメージを与えられなかったけど、いまなら問題ない。それなら……

「そろそろ頃合いかな」

私を追ってきているのは残り十体程度。しかもどうやら川に出たらしく、おあつらえ向きに視界も場所も開けた。川近くは石が多くて足場が悪そうだから注意する。

瞬時に状況を確認すると、川を背にして魔物たちを待ち構えながら見習いの短剣をインベントリにしまう。代わりに見習いの長剣を右手に持ち、さらに見習いの長杖《ちょうじょう》を取り出して左手に装備する。

同時に黒狼たちが森から出てきて私を半包囲した。


（コチ、あなたは弱い。力も魔力も低いから攻撃力が低いし、魔力量も多くないから高位の魔法を使って威力をカバーするのも難しいわ。でも魔法は）


「わかってます、エステルさん。魔法は」

脳裏に浮かぶ大魔女《グランウイッチ》の声。それは魔法に関しては全幅の信頼をしている私の師匠の金言だ。

「精度、応用、そして制御」

【無詠唱】【連続魔法】【並列発動】【魔力操作】【魔力循環】全てのスキルを使って自分の周囲に無数の魔法を待機状態で発動する。エステルさんのパチンコ玉には比べるべくもないが、私の今の全力だと各魔法のレベル1で使える弾《バレット》系の魔法をソフトボールぐらいの大きさに圧縮したものを十個程度作るのが限界。

でも、普通なら真《ま》っ直《す》ぐ飛ばすだけのこの魔法を自由自在に制御できれば……


「「「「ギャウウウウウウん！」」」」

私の魔法を受けた五体の黒狼が光の破片となって消える。

いま、私がやったのは待機させていた【火弾《ファイアバレット》】と【風弾《ウインドバレット》】を制御して、ふたつを同時に同じ場所に命中させただけ。火と風の魔法は相性がいいからうまく使えば威力を増幅できる。同じような魔法は【火魔法】【風魔法】のスキルレベルを上げたあとに覚えられる上位派生のスキルにもある。だけど、その魔法自体がまだ使えなくても【並列発動】と精密な【魔力操作】で高い精度の制御ができれば同じ効果を生み出せる。

とはいってもそこまで威力に大きな差が出る訳じゃない。いま魔法一発（二発？）で魔物を倒せたのは、今回の相手が称号【大物殺し《ジャイアントキリング》】の効果が大きくなるレベル差だったこと、称号【初見殺し】の効果が発動する初見魔物だったこと、そしてソロで戦い続けていた時間によってステータスが上昇していく特殊スキル【孤高の頂き】の効果でステータスが底上げされていたからこそだ。

さて、このまま残りの魔物も魔法で倒したいところだけど、残念ながらMP切れ。【孤高の極み】の効果で微回復はしていくけど、回復を待っている時間は与えてくれないだろう。

「ということで最後は」

魔法の威力を上げるために出していた杖をインベントリにしまうと、見習いの長剣を構える。

「こいつで締めますか」

◇　◇　◇

「これで……最後！」

死角から襲いかかってきた狼を左手に装備している籠手《こて》を使った裏拳で殴り飛ばし、地面に転がったところに長剣を振り下ろす。首を斬られた狼が光の破片となるが、警戒は解かずに【索敵眼】で周囲をしっかりと確認。

〈ブラックウルフの肉×14を入手しました〉
〈ブラックウルフの牙《きば》×21を入手しました〉
〈ブラックウルフの爪×17を入手しました〉
〈ブラックウルフの毛皮×21を入手しました〉
〈ビッグアイズモンキーの肉×9を入手しました〉
〈ビッグアイズモンキーの毛皮×11を入手しました〉

よし、インフォも来たから戦闘勝利は間違いない。

『油断をして囲まれたのは情けない限りだが、戦いのほうはまあ及第点だな』

「ははは……それはどうも」

懐から顔だけを出したアオは、結局この戦闘の間一度も私に手を貸してくれることはなかった。

私の実力では、あれだけの数に囲まれてしまえばどれだけうまく立ち回ってもいくつか攻撃を受けてしまう。HP《生命力》の低い私にはそれだけで危機的状況だが、幸い自前の【神聖魔法】による回復と【孤高の極み】の自動回復でなんとか耐えきれた。

アオが手を貸してくれていれば、このあたりの魔物では私に触ることすらできなかったはず。だけど今回は私への戒めと戦闘経験のためにあえて手を出さなかったんじゃないかな。ぶっきらぼうな感じで口調は堅いけど、なにげにアオは優しいから私が本当に危なくなったときには助けてくれたと思う。実際いい経験になった。

なによりもリイドで教えてもらったひとつひとつが、〔見習い〕である弱っちい私が、魔物としっかりと戦えるようになるために必要なものだった。それが実地で確認できたのはとても有意義だった。

おかげで自分より強い魔物をスキルや武器を駆使して、なんとか倒すことができた。ちょっと危なかった部分はあったけど、なんだかとても楽しかった。

「おっと、私もかなりアルに毒されてますね」

軽く頭を振って嫌な考えを振り払いつつ、周囲の確認を終えるがとりあえず魔物の反応はない。

「……それにしても綺麗《きれい》です。アオ、泳いでみます？」

周囲を見回すと、最後の戦いを始めた川べりからもそれなりに移動していたらしく、目の前には川へと流れ込む水源のひとつらしい泉があった。ほぼ円形で大きさもそこそこあり水も澄んでいる。中央付近からポコポコと泡が浮いては消えているのでおそらくあの下から常に水が湧出《ゆうしゅつ》しているのだろう。

『我は亀型の魔物であって亀ではない』

泳いだら気持ちよさそうだと思って、いつもはリイドの水路で生活しているアオに話を振ってみたけど、あっさりと断られた。

「いつもは水路にいるんだから水の中が嫌いって訳でもないでしょう」

『主にはわからぬやも知れぬが、いかんせん場所が悪い』

　場所が悪い？

　この静謐《せいひつ》な雰囲気を漂わせる水面《みなも》。そこに映った大きな月。

　その月は泡が立てる僅《わず》かな波でゆらゆらと形を変え、小さな波頭はキラキラと月光を反射させていてとても幻想的な風景。そんな風景の中をミドリガメ風のアオが泳ぐというのも確かに無粋か。

『む、なにか失礼なことを考えなかったか？』

「と、とんでもない。ただ景色《けしき》に見惚《みと》れていただけですよ」

　危ない危ない。召喚獣とはパスが繋《つな》がっている関係でなんとなく思っていることが伝わってしまうことがあるので、気を付けないといけない。見惚れていたというのは本当のことだから誤魔化せたと思うけど。

　残念ながらアオの食指は動かなかったみたいだけど、私としてはこの景色は是非また見に来たいのでしっかりとマップで確認しておこう。

「こうしてみると結構、動き回りましたね」

　マップを確認すると、戦っているうちに森の中をかなり不規則に移動したらしく、アクティブ化されたマップの範囲が蛇のように細くのたくっている。結構な距離を走ったつもりだったけど、マップ上を直線で見るとそれほど遠くまで来たわけではないらしく、最終的な到達地点としては西の森の中央と、森の南端を結んだ中間点くらいの場所だった。

「この辺は澄んだ空気で満ちているような気がしますし、ちょっと休憩してステータスの確認をしておきますか。魔物の気配はないけど、反省を活《い》かして念のために……『聖域』」

回復してきたMP《魔力》を注《つ》ぎこんで私のいる場所と泉周辺を【神聖魔法】の『聖域』という魔法で囲んだ。

これは効果が切れるまでの間、魔物の侵入を防ぎ、中にいる者たちの気配を漏らさないという結界を張る魔法。外で休むときには便利なんだけど、効果時間はスキルレベル補正付きのMP依存なので【神聖魔法】レベル5の私だと大体1MPあたり三十秒程度。仮にこの効果時間で一晩六時間使用したとするとなんと720MPも必要になる。

正規のルートで【神聖魔法】を覚えた人ならそれまでに種族レベルもジョブレベルも上がっているから、そのくらいのMPは妥当なのかも知れないが今の私では結構しんどい。

とりあえず手持ちのMPで三十分ほどの結界が張れたので、しばらくはのんびりできる。インベントリから【木工】修業で作成した椅子とテーブルを出すと泉のほとりに設置。ファムリナさんから買った清水のマグで泉の水を汲《く》むと椅子に座ってから一息に飲み干す。

「くぅ～冷たくて美味《おい》しい！」

この水ならお茶を淹《い》れても美味しいかも……あ、そういえば調理セットも買ったんだからここで料理もできるのか。ステータス確認して時間が余ったらちょっと試してみようか。そうと決まればまずは。

名前：コチ　種族：人間〔Lv7〕　職業：見習い〔Lv12〕　副職：なし

称号：【命知らず】【無謀なる者】【兎の圧制者《ラビットタイラント》】【背水を越えし者】【時空神の名付親】【大物殺し】【初見殺し】【孤高の極み】【幸運の星《ラッキースター》】
加護：【ウノスの加護】【ドゥエノスの加護】【トレノスの加護】【クアノス・チェリエの信徒】【チクノスの加護】【セイノスの加護】【ヘルの寵愛《ちょうあい》】
記録：【10《テン》スキル最速取得者〔見習い〕】【ユニークレイドボス最小人数討伐（L）】
HP：211／280　MP：13／280
STR《力》：12　VIT《体力》：12　INT《知力》：12　MND《精神力》：12
DEX《器用》：12　AGI《敏捷》：12　LUK《運》：107
SP《ステータスポイント》：24
スキル
（武）
【大剣王術3】【剣王術3】【短剣王術3】【盾王術2】【槍王術《そうおうじゅつ》3】【斧王術《ふおうじゅつ》2】【拳王術3】【弓王術3】【投王術4】【神聖剣術4】【体術9】【鞭術《べんじゅつ》5】【杖術《じょうじゅつ》6】【棒術5】【細剣術5】【槌《つち》術7】
（魔）
【魔力循環3】【魔法耐性7】【神聖魔法5】【火魔法9】【水魔法9】【風魔法9】【土魔法9】【闇魔法7】【光魔法7】【付与魔法7】【時魔法9】【空間魔法9】【精霊魔法3】【召喚魔法5】（蒼輝《そうき》・朧月《おぼろ》・雷覇《らいは》・紅蓮《ぐれん》）
【無詠唱】【連続魔法】【並列発動】【魔力操作】

（体）

【跳躍8】【疾走9】【頑強10】【暗視4】【集中7】【豪力5】

（生）

【採取8】【採掘6】【伐採3】【農業6】【畜産3】【開墾4】【釣り3】【料理8】【調合7】【調合（毒）4】【酒造4】【錬金術5】【鍛冶《かじ》7】【木工5】【細工5】【彫金5】【裁縫5】

（特）

【罠《わな》設置3】【罠解除3】【罠察知3】【気配遮断5】【鑑定眼7】【索敵眼6】【看破4】

【死中活5】【孤高の頂き】【偶然の賜物《たまもの》】


種族レベルが1上がって、職業〈見習い〉のレベルが2上がった。〈見習い〉のステータスはレベルアップ時、チュートリアル後も同じくLUKを除いて全《すべ》て1上昇する。そう考えると成長率は抜群にいいんだけど、転職不可で最大レベルもユニークレイドボスを初討伐したことで限界突破したけど最大は15までだから相変わらず先がない。

「それはわかってたことだから別にいいんですが。問題はSPをどこへ振るか」

〈人間〉はレベルアップ時のステ振りを全部自由にできるのがメリット。1レベルにつき4ポイントのSPをどこに振るかでその人のプレイスタイルが決まる。

でも、私に関してはステータスが上昇するポイントの絶対値が他の人たちよりも圧倒的に低い。たぶん平均的に振っても、どこかに特化で振ってもステータスだけの勝負ではいずれ魔物や他のプレイヤーに勝つことはできなくなるだろう。

それを覆して勝利するには装備の充実、そしてプレイヤースキルと戦い方の創意工夫が必要になる。

「それなら、私が振るべきは……これです」

ＨＰ：２１１／２８０　ＭＰ：２５３／５２０（＋２４０）

迷った末に全てのＳＰを振ったのは物理攻撃のＳＴＲでも、魔法攻撃のＩＮＴでも、防御のＶＩＴでも、生産のＤＥＸでもなく魔法力、つまりＭＰ。

私が取得できる総ＳＰではどれだけうまく割り振ってもすぐに限界がくる。それならば素のステータスは装備や薬、支援魔法、もしくはスキルの効果で補った方がいい。ＨＰに振るという案もあったが、私のスキル【死中活】や称号【無謀なる者】の効果をうまく使うためにはほどほどの方が逆に都合がいい。

それよりも今の私に一番問題なのは、取得しているのに使用できない魔法がいくつもあるという現実。

例えばＭＰが５００以上あれば高レベルの【時魔法】や【空間魔法】すら使えるようになる。つまり【空間魔法】レベル９で覚えてからずっと使ってみたかった『短距離転移《ショートジャンプ》』の魔法も使えるようになるということ。

ポータルを使った転移も楽しみだけど、やっぱり自分で自由にテレポートできるようになるというのは心が躍る。

「さっそく試してみたいところだけど……まだMPが回復しきってないか」

アップさせた分のMPは追加されているけれど、もともと消耗していた分は回復されていないし、戦闘が終わったことでスキルの自動回復の効果も切れているからポーションを使わないなら自然回復を待つしかない。

それならばその間にちょっと料理をしてみよう。イチノセで串焼《くしや》きを数本食べたきりだったから空腹感が結構しんどい。これ以上放っておくと空腹のデバフが付いてステータスが減少してしまう可能性がある。

ということでメニューアイコンを視界の端から引っ張ってきて、メニューからインベントリを操作。調理セットをタップすると視界に調理セットの形の点線が浮かび上がる。これを自分でドラッグして置き場所を指定、現れた「決定」の表示をタップすれば……

「おぉ、出た」

出てきたのはご家庭にあるような大きめの独立型キッチン。機能としてはMPコンロが四口に広めの作業台とシンク。そして土台の収納には包丁やまな板に始まり、鍋《なべ》やフライパンなどの調理器具が一式入っている。

続いてインベントリの一覧からさっき入手した『ブラックウルフの肉』と『ビッグアイズモンキーの肉』をひとつずつ取り出す。どちらも大きさ的には一キログラム程度だろうか、月明りに照らされる赤黒い肉の塊はちょっと不気味だけど、散々兎《うさぎ》肉を調理し続けていたから狼狽《うろた》えるほどじゃない。一応蛇口の水で手を洗ってから出てきた肉をそれぞれ触って確かめてみる。

「狼《おおかみ》の方は脂があるけど筋が多くてやや固い。猿の方は脂が少なく淡泊そうで肉質が悪い、か」

おそらく狼は俊敏に動くために筋肉が発達しているからで、猿は樹上を活動の場としているので軽量化のために無駄な肉を付けていないせいだろう。

「どちらも良い食材とは言えないけど……固いうえに脂も少なかったグラスラビットに比べればなんてことないな」


まず、狼の肉はなるべく筋に逆らわずに包丁を入れ丁寧に捌《さば》いていく。筋を切ったり適度に叩《たた》いてほぐすのも忘れない。猿の肉は基本的にささみ肉のような扱いでいけそうなので、下処理よりは調理法に工夫しよう。

下処理を終えた狼肉は、植物油をバットに薄く張り、そこにすり潰《つぶ》した腑抜草《ふぬけそう》を混ぜたものにゆっくりと漬け込む。腑抜草は防御力を下げるデバフ系の薬を作る素材のせいか、不思議なことに肉を柔らかくさせる効果がある。

その間に猿肉を細切りにし、採取した癒草と細く裂いた赤茸、黄茸、茶茸、それから砕いたクーミの実と一緒に軽く炒《いた》める。余計な脂を出さない猿肉なら淡白な味わいのキノコたちの邪魔をしない。味付けは醤油《しょうゆ》的なものをまだ見つけていないので基本は塩のみになってしまうけど……ここで私がおすそ分けしてもらった、おかみさんがリイドの素材で研究を重ねて作った野菜中心の出汁《だし》をさっとひとかけ。これで淡白な素材たちに旨味《うまみ》が出るはず。

あとは、漬け込んで柔らかくなった狼肉を焼き上げてステーキに。魔物素材をレアで食べる勇気はないので焼き加減はウェルダン。

という訳で完成したのが「ブラックウルフステーキ」と「キノコと猿肉の癒草炒め」。出来た料理を【木工】修業で作った木製の皿に盛りつけてテーブルに置いたら準備完了。

『ほっほ、我が神域でおかしなことをしておる者がいると思えば……おんしじゃったか』

「え？」

さて座って食べようと、自作の箸《はし》を手に持った私に笑顔で話しかけてきたのは。

「……トレノス様？　あの、どうしてこちらに？」

『ほっほっほ、ここは儂《わし》の神域のひとつじゃよ。森の中を決められた道順で通らねば辿り着けぬ場所なのじゃが、もしやヒントもなく偶然ここに辿り着いたのかの？　相変わらず面白い夢幻人じゃのう』

リイドの神殿で出会った神様のひとりトレノス様は、水や回復魔法、調合、農業などを司《つかさど》っていて、見た目は近所の優しいお爺《じい》ちゃんっぽい。私の中では、癖の強そうな他の神様たちよりも話がしやすい神様だ。

「いえ、魔物に追われて走り回っていたらいつの間にかここにいたのですが……なにか失礼にあたってしまったりしますか？」

どうやら私が無意識に選んでいた逃走ルートが、偶然トレノス様の神域へと繋がってしまったらしい……ていうか、そんな偶然あるわけないので、おそらく私のＬＵＫ値の高さと、特殊スキル【偶然の賜物】のパッシブ効果が強く関係した結果だろう。

『なんも悪いことなどないぞ。ゴミなどを捨てられて汚くされるのは嬉《うれ》しくないがのう』

「そうですか、安心しました。料理で使用したものは廃棄するものも含めて全部持ち帰ります。せっかくの綺麗《きれい》な泉を汚すようなことはしません」

『うむうむ、感心な心掛けじゃな。だが、おんしに関しては心配しておらぬぞ。あの方の寵愛を受けるような人間がそのような無法な真似《まね》はせんじゃろうからな』

「あ、はい。大丈夫です」

別にヘルさんの寵愛がどうとかこうとかの前に、ゴミの持ち帰りなんていうのはアウトドアキャンプの常識なだけなんだけど……あえて訂正する必要もないか。

さて、ではでは食事にしようか……な。と思ったらトレノス様がにこにことした顔でめっちゃ見てるんですけど……さすがに神様に見られたままひとりで食事ができるほどメンタルは強くない。

「えっと……これから食事をしようと思っていたんですが……ここではマズいですか？」

『ほっほ、構わんよ。神域で料理をした者も初めてなら食事をしようとする者も初めてじゃがな』

「で、しょうね……」

私だってここが神域だと知っていれば料理なんて始めなかった。こうなってみればアオが『場所が悪い』と言っていた意味も理解できる。

それにトレノス様は構わないとおっしゃってくれたけど、やっぱり神様の目の前でひとりで食べるのは食べにくい。それならば、いっそのこと。

「よければ一緒に食べませんか？」

巻き込んでしまえば、と思ったんだけど神様は食べないだろうなぁ。

『ほ！　よいのか？　それではご相伴にあずかろうかのう』

「へ？」

トレノス様の笑顔が過去最高に輝いているように見えるのは気のせいではなさそうだ。

◇　◇　◇

どうしてこうなった！　いや、自分で蒔《ま》いた種だけれども。

「すみません、つい勢いでお誘いしてしまいましたが、まだリイドを出たばかりで食材も調味料もあまりないんです。今さっき入手したものをメインに作った粗末な料理で申し訳ないです」

私の作った卓の反対側に新しく出した椅子に座ってにこにことしているトレノス様へ、新しい皿に取り分けたブラックウルフステーキとキノコ炒めをお出しする。なにを使って召し上がるかはわからないので、自作のナイフとフォーク、そして一応お箸も並べておく。

『よいよい、人間には必須《ひっす》である食事も神にとっては趣味嗜好《しこう》の範囲なのじゃ。だが最近では礼拝に訪れても神殿に寄付をして祈るばかりで、神に供物を捧《ささ》げる者はとんとおらんでのう。食すのも久方ぶりなのじゃよ』

それであればますますもっと美味《おい》しい物を、と思わなくもないが今はもう仕方がない。

「そこまでおっしゃるなら……おもてなしとしては足りないものばかりで心苦しいものがありますが、どうぞ召し上がってください」

『ほっほ、それでは頂こうかの。今回儂は分けてもらう側じゃ、おんしも畏《かしこ》まる必要はない。せっかくの場じゃ、共に食そうぞ』

「はい、それでは頂きます」

『うむ、頂こう』

まずはトレノス様がブラックウルフステーキに手を伸ばしたのに合わせて私もステーキにナイフを入れる。うん、いい感じに柔らかくなっている。味付けは軽く塩をふっただけだけど、味の方はどうかな。

トレノス様が肉を口に運ぶのに合わせて私も一口大に切ったステーキを口に入れる。

『ほう』

「ん、これは」

『なかなかうまいのう』

「はい、十分食べられます」

今回は初めて調理する素材だし、おかみさんから仕込まれたあれこれを意識しながら作りはしたが、位置づけとしては試作品。それなのに口に入れて噛《か》みしめたステーキはぷつりと歯で噛み切れるほどに柔らかく、噛み切った肉からは肉汁が滲《にじ》み出《で》て旨味が広がる。これは植物油に漬け込んだことで油が肉の内部の肉汁を逃がさなかったからだろう。

『これはこっちも楽しみじゃな。どれ』

トレノス様がキノコ炒めの方へとフォークを伸ばし、掬《すく》うようにして料理を口に運ぶ。トレノス様だけに毒見……じゃなくて味見をさせる訳にはいかないので、後を追うように三色キノコでカラフルな色どりになっている炒め物を口に入れる。

『…………うむ、儂はこちらの方が好きじゃな。ガツンとくる美味《うま》さは先のステーキだが、こちらは繊細な味わいで風味と香りが楽しめる。それになによりも食感が楽しいのう』

トレノス様が満足気に頷《うなず》いて、炒め物をぱくぱくと口に運んでいく。食べている相手が神様だという異常事態であることをあえて考えなければ、私が作った料理を美味しく食べてもらえるのは素直に嬉しい。

それに確かにこっちの炒め物も美味かった。淡白な肉とキノコにおかみさんの出汁が絶妙にマッチしていて、クーミの香りやキノコの僅《わず》かな風味を消さずに味を引き立てている。そして口の中に入れれば噛むたびに、癒草のシャキシャキ感、キノコのくにゅくにゅ感、猿肉のモチモチ感、そしてクーミのコリコリ感が口の中に溢《あふ》れていく。

まだまだ料理として粗さは残る気はするが、手元にあるものだけを使って勢いで作った割にはいい出来だった。これもひとえにおかみさんの指導の賜物《たまもの》だろう。なによりもおかみさんがこだわっている出汁が半端なかった。しかし、こうなってくるとちょっと口寂しいものがある。あ、そうだ、あれをちょっと出してみるかな。

「トレノス様、少しならお酒も用意があるんですが、嗜《たしな》まれますか？」

『ほう！　ほう！　よいのう。是非頂こう』

「承知しました。少々お待ちください」

思ったよりも食いつきが良かった。御神酒《おみき》なんて言葉があるくらいだし、神様ってお酒が好きなのかも知れないな。

と言っても、今私たちが使っている清水のマグだとお酒も水になっちゃうので、新しいコップをインベントリから出す。もちろん【木工】で作った木製のもの。それから、小樽《こだる》に入れてあるお酒を取り出す。いくつか種類はあるんだけど、今回トレノス様にお出しするのは修業中にいろんな薬草を使って作り出したオリジナルの薬用酒。その中でも自慢の一品。

【癒酒】香り○　味◎　効果：活性（保温・弱自動回復）

既存のエール酒にポーションの原料である癒草を漬け込んで一定期間寝かせたもので、若干甘味のある軟らかな口当たりと喉《のど》ごしが女性陣にもとても好評だったものだ。しかも活性の効果付きなので多少飲み過ぎても悪酔いしない。

小樽からコップに癒酒を注ぐとトレノス様に手渡す。トレノス様は嬉しそうにうむ、うむと頷くとコップを口へと運ぶ。

『ほう……これは美味いのう。これは癒草じゃな？』

「おわかりになりますか？」

『ほっほっほ、儂は調合の神でもあるのだぞ』

「あ、なるほど。確かに癒草は馴染《なじ》みが深いですね」

『そうであろう？　うむ、それにしても美味い』

トレノス様がコップに残っていたお酒を一気に飲み干す。

「気に入って頂けて良かったです。こんなのもありますけど、どうぞ」

さらに別の小樽とコップを取り出すと注いだのは浄花草を使って作ったこれ。

【浄化酒】香り◎　味◎　効果：浄化（弱解毒・弱解呪）

『うむ、これも美味い。爽《さわ》やかな口当たりと鼻に抜けるツンとした刺激。浄花草じゃな』

「はい、正解です」

『見事なものじゃ、ほれおんしも飲むが良い』

「いやいや！　トレノス様にお酌をしてもらう訳には！」

『構わん、構わん。馳走《ちそう》になっているのは儂じゃからな』

浄化酒の小樽を持って私の杯にお酒を注ごうとするトレノス様を結局止められず、神様から酌を受けてしまった。罰とか当たらないといいけど。

それから、トレノス様とちびちびやりながら結局小一時間ほども酒食を続けてしまった。結界も途中で切れてしまったが、神様がいるような場所に魔物が寄ってくるはずもなくのんびりとした時間だった。

「料理もお酒も思った以上に美味しく出来ていたので安心しました」

『ほっほ、謙遜《けんそん》するでない。久方ぶりの食事、楽しませてもらったぞ』

食事を終え、綺麗に空になった皿を前にトレノス様が満足気に笑う。一緒に食事をして改めて思ったけど、やっぱりトレノス様は温厚で話しやすかった。

トレノス様も私も食べることが主ではあったけれど、食事の合間に他の神様たちの話や、ヘルさんの話をしてくれた。

話術も巧みで私を緊張させることなく、常に気安い雰囲気で小さな笑いすら提供してくれたので思いのほか楽しいひとときを過ごさせてもらった。


「こちらこそ思いがけぬ再会でしたが楽しかったです。機会があれば、今度はもっと美味しい物をごちそうさせて頂きます」

『おうおう、やれ嬉しいのう。ウノスやドゥエノスらにいい土産話ができた。その機会を楽しみにしておるぞ』

「はい」

『うむ、ではそろそろお暇《いとま》させてもらうのじゃが……さすがにこのまま帰るわけにも、帰すわけにもいかんのう』

トレノス様がにこにこしながら私に向かって手を差し出すと同時にアナウンスが響く。

〈称号【トレノスの寵愛《ちょうあい》】を取得しました〉

〈称号【トレノスの加護】は上書きされます〉

〈【回復魔法】を取得しました〉

〈【白露《しらつゆ》の指輪】を獲得しました〉

〈【水神結晶】を獲得しました〉


『ほっほ、もともと神域に辿り着いた者には祝福を与えることになっておる。あとは食事の礼じゃ』

トレノス様は白い髭《ひげ》を揺らして笑いながら泉の中央付近までスーッと空中を移動すると消えていった。

「えっ、えぇ？　なんかいろいろと……」

「……あ、っと。ありがとうございました、トレノス様」

消えていくトレノス様を思わず呆然《ぼうぜん》と見送ってしまったことに気が付き、慌てて頭を下げる。

その後、しばしの放心タイムを経て一息ついてから原状回復作業に入る。食器を洗い、テーブル、椅子、調理セットを片付け、周囲を見回してゴミなどがないのを確認。あとは、帰るだけ、でもその前に貰《もら》った物の確認をしておこう。


『水神結晶　青く澄み渡る結晶。水の神力を帯びている』

水神結晶は【鑑定眼】でも詳細はわからない。でも、鉱石っぽい見た目だし鍛冶《かじ》とかで使うと水属性が付くような気がする。でも何かのイベントアイテムのような気もするし、迂闊《うかつ》に使っていいものかどうか。これはリイドに戻ったら鍛冶の師匠であるドンガさんに聞いてみよう。

【回復魔法】に関しては【神聖魔法】の下位魔法のせいか、すでにカンストした状態だった。【神聖魔法】はMP消費が大きいし、回復量も私のHPだとオーバースペックだったりするので、地味にありがたいスキルだ。

で、残るはこの指輪。プラチナっぽいリングに小さいながらも蒼《あお》い宝石が等間隔に埋め込まれていて、リアルなら明らかに高級なものだと判断できる一品。この世界での価値はよくわからないけど、神様がくれたものだし性能面での期待は大きい。


『白露の指輪　INT+20　MP+50　【水魔法】に補正。

トレノスの力を宿した指輪で、七つの宝玉にMPをストックすることができる。

最大までMPをストックした宝玉の数に応じて【水魔法】の効果に補正がかかる。

宝玉ひとつにつきストックできるMPは100。

ストックするための術式コストがあるため、注ぎ込んだMPの十分の一がストックされる。またストックしたMPは装備者に還元することもできる。

最大までMPがストックされた宝玉の力を一度に解き放つことができる』

トレノス様から下賜された指輪は想像以上に凄《すご》い装備だった。アクセサリでINT＋20がまず凄くて、おそらく現在のトッププレイヤーですら持っているかどうかは怪しいレベルの性能。なによりもHPやMPの最大値を上げてくれる装備というのはかなりの貴重品だと思う。

さらに面白いのはこの指輪のMPストック効果。ストックするためには十倍のMPが必要だけど、最大で700もMPをストックできるというのは今の私にはありがたい。

前線のプレイヤーだとHPMPはすでに四桁《けた》を超えているだろうし、マナポーションなどを使えば代用できるから、いまひとつ価値がわかりにくいかも知れない。でもポーション系は連続使用に制限があったりするので、ポーションによらない回復手段としてこれからも長く使える装備だ。

しかもストックが多ければ多いほど水系の魔法にプラス補正が付くみたいだし、満タンになった宝玉一個分のMPを解放することで攻撃魔法として放つこともできるらしいので、いざというときの隠し玉としても使える。

素のステータスをほとんど伸ばせない私にとって装備の補正は生命線。ひとつでもいい装備が欲しいというのが正直なところ。だけど、武器、上半身装備、下半身装備、靴については見習い装備限定の縛り付きなのでなかなか難しいところではある。

ただし、この見習い装備。実はあの日ドンガ親方が装備対策として考えがあると言っていた方法が、私のLUKさんとタッグを組んだ結果、おおいに化けた。

例えば現在の私の装備がこれ。

『見習いの長剣＋5　STR＋95　耐久∞』
『見習いのシャツ＋5　VIT＋36　耐久∞』
『見習いのズボン＋5　VIT＋36　耐久∞』
『見習いのブーツ＋5　VIT＋12　AGI＋12　耐久∞』
『軽鋼の籠手《こて》＋3　VIT＋50　DEX＋41　耐久96』
『銀花のネックレス　INT＋16　MND＋8　状態異常耐性（小）』
『白露の指輪　INT＋20　MP＋50　水魔法補正　ストック　解放』
『欺罔《ぎもう》の指輪　INT＋2　MND−《マイナス》1　ステータス偽装』
『白兎のコート＋2　VIT＋21　耐久64　耐寒（小）』

御覧の通り親方の対策というのは、見習い装備をどんどん強化していくということ。これだけ聞くと至極当たり前の方法だが、ここで強化のシステムを思い出してみてほしい。

強化はその武具にとってキーとなる素材と添加素材を加えて【鍛冶】スキルの強化を使用。それに成功すれば武具が強化され、失敗したら性能はそのまま。ただし、成功しても失敗してもその武具の最大耐久値が減る。だから強化自体はルール上何度でも挑戦できるが、実際は耐久値によって試行回数が決まっていると言える。

ところが、＋5まで強化に成功した見習い装備の耐久値は未《いま》だに∞のまま。つまりこの見習い装備、性能はぶっちぎりで最弱だけど、耐久値が減らないという特性があるため強化試行回数は実質無限ということになる。

ただし+5より上は必要とされる素材の質も量も跳ね上がるため、リイドで取れる素材だけでは質、量ともにまったく足りず現状は頭打ち状態。でも私のLUKさんがいい仕事をしてくれたおかげで、強化の失敗は一度もなく、しかも全部が『大成功』扱いで通常の強化値を遥《はる》かに上回る効果が出ている。


検証組のまとめサイトによると、普通の強化成功は片手長剣だと性能値が元の約1・4倍（小数点以下切り上げ）になる。しかし、まれに発生する『大成功』が起こった場合は1・4倍された後、さらに1・4倍されるらしい。私のLUKさんは、ここでもかなりチートな働きをしてくれた。

例えば見習い装備の初期STRは長剣で3、短剣で2なので+5まで全部『成功』すると長剣は20、短剣は14になる。ところが5回連続で『大成功』すると長剣は95、短剣は63まで性能が跳ね上がる。その差は実に6倍近い。しかも当然強化のデメリットである耐久値の減少はない。

これは親方にとっても嬉《うれ》しい誤算だったみたいで、本当は時間をかけて何度も失敗を繰り返しながら大量の素材を注ぎこんで、強化値を最低でも+15くらいまで上げるつもりだったらしい。だけど+5の段階でそこそこの性能まで鍛えられたので、無理に急いで強化する必要がなくなった。その分の浮いた素材を、私の籠手やリイド住民の装備作成に回せるようになったので親方はほくほく顔だった。

説明ついでに強化回数と耐久値に関して、ひとつ例をあげてみる。イチノセで店売りしている鉄の剣。これは未強化状態でSTR+15、耐久200という、街に着いた剣を使う夢幻人がとりあえず一度は購入を検討する装備。

これを強化して五回連続して成功したとする。＋5になった鉄の剣はＳＴＲ＋83になる。しかし強化試行は成功しても一回行えば平均で2割程度耐久値が減る（失敗した場合はさらに減少率が高い場合もある）。つまり一回も失敗しなかったとしても鉄の剣＋5の耐久値は67程度になってしまう。これはメインの武器として装備するにはやや心もとない数値だ。少なくともこれ以上の強化は成功しても失敗しても厳しいということになる。そう考えると見習い装備とＬＵＫのコンボがどれだけ凄いかがよくわかると思う。

結局のところ私は文字通り運がよかったという結論になる。現実世界では運がいいなんてことはまったくないし、ゲームの中くらいはそんなことがあっても別にいいよね。

そして、この見習い装備の補正があったからこそ、適正レベルに到達していない私がこの森を狩場に選ぶことができたのである。

ちなみに装備を身に付けた後のステータス値はこう。

ＨＰ：280
ＭＰ：520＋50（570）
ＳＴＲ：12＋95（107）
ＶＩＴ：12＋155（167）
ＩＮＴ：12＋38（50）
ＭＮＤ：12＋7（19）

ＤＥＸ：１２＋４１　（５３）
ＡＧＩ：１２＋１２　（２４）
ＬＵＫ：１０７

一見してなかなかの数値に見える。でも私の場合はレベルアップによるステータスの強化がほとんど見込めないためここからの伸びしろがほとんどないから、この先は伸び悩んでいく可能性が高い。それは覚悟の上だったたから構わない。それに、装備の強化が＋６以上になってくると強化幅がかなり大きくなるので、ステータス不足はそこで補えるんじゃないかと思う。

つまり私の今後の目標は、活動範囲を早く広げて質の良い素材を大量に集めるってことになる。

今回は森での採取をメインにしたけど、次は東の荒野の先にある山を目指すのもいいかも知れない。

第三章　料理スキル

「予想よりもハードで反省点も多かったけど、ある程度採取もできたし、魔物との戦闘も経験できた。それに加えて思わぬ出会いと収穫もあったから、初めての探索としては上々の結果かな。今回はこの程度にして、あとは目についたものだけを採取して街に帰ろうか」

『今から帰ると門が開いているかどうか微妙な時間ではないか』

トレノス様との邂逅《かいこう》中はまったく顔を出さなかったアオが懐から顔を出して空を見ている。やっぱり、あらゆる海を滅ぼす「海滅」と呼ばれた大悪亀だった過去があると神様の前には出にくいのかも知れないな。私はそんなの気にする必要はないと思うんだけど。

そんなことを考えつつ私も空を見上げるが、アオの言う通りまだ空が白んできているようには見えない。ゲーム内時間を見ても、その指摘は正しい。これから街に向かうと、多少採取や戦闘をしたとしても日の出よりも早く到着してしまう可能性が高い。

「早く着いたら、門の近くで待てばいいよ。門番さんの話だとそこで開門を待つ人もいるらしいし、うまくその人たちが話し相手になってくれたら情報収集もできるかもだしね」

仮に誰《だれ》もいなかったとしても、ただぼんやりと待つのも別に嫌いじゃない。

帰り道は採取もほどほどにして、しっかり【索敵眼】も切らさずに移動したため、戦闘も一度だけで無事に街に帰ってくることができた。到着時間については、アオの読み通りまだ日の出前で、遠くの方でようやく空が白み始めた頃《ころ》だ。

門の周辺を確認してみると、門番さんが言っていた通り開門を待つ人たちがそれなりにいるみたいで、ちらほらと焚火《たきび》の灯《あか》りが見える。その焚火の周囲には幌《ほろ》付きの馬車やリヤカーのような馬車がそれぞれ止まっている。

それ以外にも、冒険者らしき人たちが何人かずつで焚火を囲んでいたりするが、そのいずれもが扉の周辺に滞留していないのは、なにかがあったときに通行の妨げにならないようにだろうか。それなら私も門からは少し離れた場所で開門を待つことにしようかな。

「結構たくさんの人がいるんだ。確かにこれなら魔物が出ても誰かが対処してくれそうだね」

大きな馬車などには護衛っぽい武装した人が見張りをしていたりするので、もし襲撃があっても戦力に問題はないだろう。

『主が倒せばよいのではないか』

「う〜ん、相手によってはなんとかなるかも知れないけど、私の見た目は完全に初期装備だからね。あえて目立つようなことはしなくてもいいかな」

ここはイチノセだし、街を初期装備で歩いていてもさほど目立つことはないだろうけど、戦い方を見られてしまうと不審に思われる可能性はあるかも知れない。まあ、思われたところで別に構わないけど、変に絡まれて面倒なことになるのは楽しくない。

「さて、門が開くまではだいたい二時間くらい？　門が開いたら、昨日《きのう》は冒険に行きたくてほとんど街の中を見なかったから、いろいろ見て回りたいな。あっと、そういえばお金をほとんど使っちゃったんだっけ……どうしようかな、せっかく街を見て回るなら買い物とかもしたいし」

『素材を売ればいいのではないか？』

「そうなんだけどね……集めた素材はできればリイドに持っていきたいんだよね。おかみさんとか親方とかファムリナさんとか、私がいろいろ集めて持ってくるのを待っている人もいるからね」

私はインベントリを開いて中のリストを眺める。インベントリのリスト自体はそう多くはない。見習い武器などの装備品一式、鍛冶《かじ》や調合、木工、彫金などで使う工具、リイドで修業中に作ったテーブルや椅子、この街で買った各種生産設備のセット、そして今回の冒険で得た素材や食材。あ、ほとんどはリイドに置いてきたけどグロルマンティコアの素材も少しある。あと一番多いのは……

「あ、そうか」

これがあった。明らかに他のアイテムよりも数が多いアイテム、昨日まとめ売りした白毛皮を超える大量の……兎肉《うさぎ》。

こいつを売れば……でも、グラスラビットは狩りやすいし数も多いから希少性は低い。それにこの肉はきちんと下処理をしないと美味《おい》しくないから普通には売れないし、売れても単価は低いはず。

でもこの肉は私が下処理してあるから……っていうか、いっそ料理しちゃえばいいのか。控えめに言っても街の中の串焼《くしや》きよりも、私がおかみさんに教えてもらったグラスラビット料理のほうが絶対美味しい。

「そうと決まれば」

私は門の近くにたむろする人々たちの一番外側へと移動すると、そこに簡易キッチンを出す。四つあるコンロのうちのふたつの上に細長い鉄板を乗せて強火で温める。その間におかみさんの地獄の指導でひたすら下処理した兎肉をどんどん出して、片っ端から串《くし》に刺していく。串は木工修業で出た端材を手先の細かい技術の練習として作り上げたものが大量にある。

そうしているうちに鉄板が温まったので、串に刺した肉を鉄板へと乗せていく。味付けは最終的に塩のみになってしまうが、焼きの途中で下味がわりに兎骨からひいた濃い目の出汁《だし》に一度くぐらせるのがコツ。こうしておくと兎肉だけだと足りない旨味《うまみ》が補充され、塩だけの味付けでも十分に美味しくなる。


串焼き肉を焼きながら、同時進行で残ったふたつのコンロを使って、リイドの農業担当であるコンダイさんから貰《もら》った野菜たち、ニンジ、ピマ、キャベを適度な大きさに切ったものと、一口大にカットした兎肉を一緒に炒《いた》めていく。

ガラ、ミラのコンビもお気に入りだった肉野菜炒めだ。こちらは野菜の旨味と塩での味付けになるが、コンダイさんが手塩にかけた野菜たちの旨味は下手《へた》な調味料より凄《すご》い。

出来たものからどんどん木皿に入れてインベントリへと収納、この木皿も【木工】修業で嫌というほど作ったので在庫は大量にある。ちなみに鉄板も【鍛冶】修業中にドンガ親方から出された課題の中で作ったものだ。鉄板の温度にムラが出ないように広い面積があっても厚みを均一に作るという課題で作成したけど、かなり難しかった覚えがある。

「あ、あのぉ、すみません」

そんなことを考えながら無心に料理を続けていた私は、控えめにかけられた声に我に返る。

はっとして周囲を見回すとすでに陽《ひ》が昇り始めている。時間を確認するとどうやら一時間以上料理を続けていたらしい。

「集中しているところに申し訳ないんですが……その、美味しそうな匂《にお》いが我慢できなくて、その料理を売ってもらえないでしょうか？」

「え？　うぉ！」

まったく気が付いていなかったけど、いつの間にか数名の冒険者が涎《よだれ》を垂らさんばかりの危ない顔で私の簡易キッチンを取り巻いていた。その中でどうやら交渉役を任された（押し付けられた？）らしい小柄な金髪碧眼《へきがん》女性エルフが他の冒険者に背中を押されるようにして私を見ていた。

「あ……と、すみません、気が付かなくて。料理は売るために作っていたので売るのは構わないんですけど、街に入ってからゆっくり売ろうと思っていたのでまだ値段も決めていないんですよ」

「そ、そうなんですか……」

それを聞いたエルフ女性は、お腹《なか》を押さえながらしゅんとしてしまう。う、なんだか私がエルフ女性を困らせている感じがして罪悪感が半端ない。さっと視線をエルフ女性の後ろに向けると、パーティメンバーなのか獣人と人族の男性冒険者もいて同じようにがっかりしている。

そこまで期待されてしまうと料理を嗜《たしな》む身としては放っておけない。私は出来上がった串焼きの一本を木皿に乗せてエルフ女性へと差し出す。ま、食べた人の反応がわからないと値付けもできないしね。

「では、ちょっと試食してもらえますか？　あなたならこれにいくらの値段をつけるか教えてください。私としては街で売っている串焼きよりも美味しいだろうという自信がありますので、街の串焼きの50Gよりも高い値段だと嬉《うれ》しいんですが」

エルフの女性はぱっと顔を上げると目を輝かせる。

「わ、わかりました！　私でよければ精一杯務めさせてもらいます！」

「あ、うん……よろしく」

おお、凄い喰《く》いつきぶり。なぜ、このエルフ女性はこんなにもテンションが高いんだろう。と思っている間に、串焼きを受けとった女性はがぶりと一口目にかぶりつく。その瞬間に目がくわっと見開いたような気がしたのは見間違いだろうか。

もぐもぐもぐもぐもぐ…………ぱく、もぐもぐもぐもぐ、ぱく、もぐもぐもぐ、ぱく、もぐもぐ、ぱく、もぐ、ぱくもぐ、ぱくぱくぱくぱく。

その後、感想を言うでもなくひたすら食べ続けるエルフ女性、えぇ……と、すでに口の中がいっぱいで頬《ほお》が膨らんでいるので、ちゃんと呑《の》み込んでから次をかじって欲しい。齧歯類《げっしるい》じゃないんだから頬袋とかない……よね？　ゲームだから食べ物を喉《のど》に詰まらせて死ぬとかはないと思うけど。

「お、おい、リナリス」

あぁ、うん、名前にリスとか入っちゃってるんだ。そっか、じゃあ仕方ない……のか？

ぱくぱくぱくぱく……ぎゅむぎゅむぎゅむぎゅむぎゅむ……

「どうなんだよ、う、うまいのか？　うまいんだよな」

後ろからパーティメンバーらしい獣人の男が一心不乱に肉をかじるエルフ女性に声をかけるが、リナリスと呼ばれたエルフ女性はその言葉には応《こた》えず、口いっぱいに頬張った肉をぎゅむぎゅむ言わせながら咀嚼《そしゃく》している。多分味わってくれているんだと思うけど……そろそろ私も感想のひとつくらいは聞きたいところ。

「あの……お味はいかがですか？」

「ヴぁい！　どってぼおびじぃでふ！」

「ぶ！」

あう！　く……やっぱり食べ終わってから聞くべきだった。乙女が出してはいけないものを私にぶっかけてしまったリナリスさんは慌てて口中のものを呑み込むと九十度に頭を下げる。

「す、すみません！　あ、あの、私！　美味しいものを食べるといろいろ周りが見えなくなっちゃうんです。それで、お料理があんまり美味しすぎて我を忘れてしまって」

「い、いえ……すぐに消えますから。それでどうでした？　あなたならこの料理にいくらまでなら払えますか」

口から吐き出された物は、数秒もすれば綺麗《きれい》に消えるから別にいい……ていうか、どうせすぐに消えるなら食べかけの物を吐き出せる設定とかいらないんじゃないだろうか？

なんで運営はこんなところまでこだわっているんだろう……あ、でも含み針とか、毒霧とかを戦闘方法にしている人がいたら必要か？　いや、いないだろそんな奴《やつ》。

「え、えっとですね。単純に味だけでいったら街の串焼きの倍は払っても惜しくないです」

すると100G、日本円だと約千円くらいか？　最弱の魔物の肉だし、毛皮の買い取り額から考えても結構いい値段で売れる。これならある程度の資金稼ぎになる。ただ、称号のせいで兎肉を継続的に自分で調達するのは厳しいから、これで稼げるのは在庫の兎肉がなくなるまで。それでもある程度の数を捌《さば》ければ当座の資金くらいにはなるか。

「あ、最終的な意見はちょっと待ってください。空腹度の回復についても調べますから。ステータスをオープンして……」

あぁ、そうか、それもあった。リイドでの見習い中は空腹度が減らなかったから、それにすっかり慣れてしまってつい空腹度システムを忘れてしまう。

「へ？　ちょっと待ってください……回復率が、四十パーセント？　串焼き一本で？　こんな美味しいものを一本食べれば一食分賄えるってこと？　街の串焼きなんてせいぜい二十パーセント回復すればいい方なのに？　こんな……」

「あのぉ、どうしました？」

「十倍……」

「え？」

食べ終わった串を凝視しながらぶつぶつと呟《つぶや》いているリナリスと呼ばれていたエルフ女性は私の声に反応すると串を放りだして両方の手の平を開いて私に見せた。

「十倍の500G出します！　私にありったけ売ってください！」

は？

「ちょ！　ちょっと待てよリナリス！　そんなに美味《うま》くて効果もいいなら俺たちだって買うぞ！

っていうか無料《タダ》で一本貰ったんだから、ちょっとは遠慮しろ！」

「なによ！　そんなの関係ないわ！　あんたたちだって私に毒味させるつもりだったくせに！」

「ば！　ち、ちげぇよ！　お前が食の探求したいって言うから譲ってやったんだ！」

「嘘《うそ》ばっかり言わないで！」

「嘘じゃない！」

いきなり争い始めたリナリスさんと獣人男性に呆気《あつけ》に取られていると、すっと前に出てきた人族の男性がにこやかに手をひらひらさせる。

「いつものことなんで放っておいてください、そのうち収まりますから。その間に僕も一本貰っていいですか？」

「はぁ……まあいいですけど、どうぞ」

「はい、では５００」

「え？　本当に５００でいいんですか？」

「勿論《もちろん》です。ああ見えてリナリスは味にはうるさいんですよ。このゲームの最大の欠点は料理がまずいことだ！　ってずっと言い続けていたリナリスが十倍出してもいいと言ったなら間違いありません。むしろもっと高くても売れると思いますよ」

「はぁ……そういうものですか」

右手で串焼きを渡し、左手でお代を受け取り手の中の５００Ｇをインベントリに入れる。インベントリはお財布としても使えるので、中に入れればきちんと所持金額に加算され、通りすがりに所持金を掏《す》られたりすることはない。

「あ、本当だ。すごく美味《おい》しいです」

「ありがとうございます」

串焼きを口にした人族の男性が嬉しそうに微笑《ほほえ》む。この世界の料理が全部、街の串焼きレベルだとすると確かにしんどいだろうな。でも、リイドでおかみさんの料理を食べなかったのかな。

「あの……えっと」

せっかくだから聞いてみようと思ったところで、目の前の青年の名前がわからないことに気が付く。

「あ、すみません、僕たち自己紹介もまだでしたね。僕たちは『翠《みどり》の大樹』というパーティで僕はレレンと言います。さっき試食をしたエルフの子がリナリス、犬系獣人の彼が一応リーダーでイツキです」

「私はコチです。仲間は……いますけど、いまは別行動中です」

「ログアウト中なんですね。それにしてもコチさんのパーティはいつもこんなに美味しい物が食べられるなんて幸せですね」

ログアウト中というか、常にログインしっぱなしっていうか、現地の人たちです。

「いえ、私は【料理】スキルがありますから、そのせいかも知れないですね」

「え！　コチさんスキル持ちなんですか？　そもそも【料理】スキルってどうやって覚えたんですか……っていうのはやっぱり秘密ですよね。うちもリナリスがずっと覚えたがっているんですけど、取得条件がよくわかってなくて未《いま》だに取れていないんですよ」

え？　【料理】スキルってそんなにレアなスキルではないと思うんだけど、違うのだろうか。

「えっと……私の場合ははじまりの街で覚えた【料理】スキルを持ってきただけなので、取得条件とかはよくわからないんですが」

「え！　スキルは五つしか持っていけないのに、そのうちのひとつに【料理】スキルを選んだんですか？　無茶しますね、コチさん……ん？　というかはじまりの街で【料理】スキルって取れましたっけ」

　レレンさんが首を傾《かし》げるのを見ながら、私も内心で首を傾げる。主観的にはもう一年も前の話だから記憶も曖昧《あいまい》だけど、初めておかみさんの宿に行ったときに普通に教えてもらえた気がする。でも、そうか。私はアル以外とは全員、会話の制約が解除された後に出会っているから、他の人がリイドの住人とどんなやりとりをしたかは知らないんだ。

　制約されていた状態のアルは基本的に「はじまりの街リイドへようこそ」しか言わなかったことを考えると、同じような状態の相手に料理を教えてくれなんて頼む人はいないかも知れない。

「私は取れたとしか……でも、スキルはなくても料理はできるんじゃないですか？　私はスキルはあくまでも作業の補助的なものという認識でしたけど」

「そうですよね、でもレシピと素材を集めて料理コマンドを実行しても完成したものは美味しくないんですよ」

「は？」

　料理コマンド？　それってなに。

「え？　なにかおかしなこと言いましたか？」

「すみません、料理コマンドというのはなんですか？」

「へ？　……あれ、知らないんですか。料理はまずレシピを手に入れて、それに必要な素材を集めると料理コマンドが使えるようになるんです。もちろん設備は必要になりますけど、『切る』とか『煮る』とか『焼く』とかをレシピ通りに実行していけば完成です」

レシピ？　あぁ、そう言えば街の中で串焼《くしや》きを買ったときにそんなの貰《もら》ったかも。

「あ～……なるほど。多分それですね」

「それ？」

私の言葉に怪訝《けげん》な表情を浮かべるレレンさんだが多分間違いないだろう。なんというか運営の罠《わな》？

おそらくレシピを簡単に手に入れられるようにしておいて、このゲーム内での料理はレシピとコマンドを使って半自動で作る物だと思い込ませられたんじゃないだろうか。

私はリイドでおかみさんに下拵《したごしら》えの大切さと、それによる味の向上を最初に教えられて知っていたからか、レシピに惑わされることはなかった。でも、なにも知らずにレシピやコマンドの使い方を教えてもらっていたら『翠の大樹』の人たちと同じようにまずい料理に辟易《へきえき》していたかも知れない。

「え？　ちょっと待ってください。コチさん、もしかして僕たちの料理が美味しく作れない理由がわかるんですか！」

「はい、多分ですけど」

レレンさんが私の簡易キッチンの向こうから身を乗り出してくる。ゲーム開始から数カ月間ずっと美味しくない料理に困ってきていたとすれば、美食に慣れた日本人としてはよほどメシマズ状態がきつかったのだろう。

「そ、それって教えてもらえたりは……」

「え？　別にいいですよ」

こんな簡単で当たり前のことなんて、気が付いている人はもう気が付いているだろうし、常識として広まるのもそう遠くないんじゃないかな。私としてはとりあえず、いまある兎肉料理が売れ切れればいい。本格的に料理をメインにプレイするつもりはないし。

「ありがとうございます！　リナリ……あぁ！　ちょ、ちょっと待っててくださいコチさん」

歓喜の表情を浮かべたレレンさんが振り返ってリナリスさんを呼ぼうとすると、言い争いが激化していたリナリスさんとイツキさんは、引っ込みがつかなくなったのか決闘システムによる決闘を始めようとしているところだった。

幸い決闘が始まる直前にレレンさんが放った【水弾《ウォーターバレット》】の魔法を受け、水を被《かぶ》ったふたりの頭も冷えたらしい。

「コチさん！　料理の秘訣《ひけつ》を教えてくれるって本当ですか！」

「秘訣なんてものじゃないですよ、リナリスさん」

仲裁に入ったレレンさんから経緯を聞いたリナリスさんは、髪から滴る水滴もそのままに地面に正座して私の言葉を聞いている。いや……そこまで畏《かしこ》まらなくても。

「いままでどれだけレシピを集めても、どれだけ料理を作ってもスキルすら生えないし、料理もまずいままだったんです。それが解消されるなら……見てもいいですよ？」

目を閉じて胸元をちらりと見せるリナリスさんに思わず脱力しながらも、つい視線は胸元を追ってしまうのは、男の悲しい性《さが》だろうか。

「おい、馬鹿リナリス！　そんなこと言って本気にされたらどうすんだ！」

「うるさい！　馬鹿！　食の探求に比べれば些細《ささい》なことよ！」

「えっと……別に対価はいらないですよ」

「一瞬、間がありましたねコチさん」

「あははは……そこは突っ込まないのが大人の対応だと思いますよ、レレンさん」

「ふふ、ですね。それにリナリスの行動は、イツキの気を引くためのネタフリみたいなものなので、さらっと流してあげてください」

ぎゃーぎゃーと騒がしいふたりを尻目《しりめ》に私とレレンさんは男同士にしかわからない笑みを交わす。

「あそこのおふたりはお付き合いを？」

「ええ、しょっちゅうあんな感じですがうまくいっているみたいですよ。ちなみに僕たちはリアルでも友人です」

「そうなんですね。私は姉の勧めで始めたんですけど、リアルを持ち込みたくなかったので私が【C・C・O】にいることを知っているのは姉だけなんです。ちょっと羨《うらや》ましいですね」

リアルを持ち込みたくないというのは本当だが、羨ましいというのは半分嘘。もともと人の気持ちがなんとなくわかってしまうという『僕』のおかしな能力のせいで、表向きの友人はいても、一緒に遊びに行くような友人はいない。『僕』にこんな能力が無かったら、もしくはこの能力とうまく付き合っていけていたらレレンさんたちみたいなプレイの仕方も有り得たのかも知れないけど。

と、まあそんな話は置いておいて。料理をスキルとして覚えて美味しく作るためには、レシピやコマンドに惑わされることなく、自分の力でリアルと同じように料理することが必要なのではないかということを簡単に説明する。

それを聞いたリナリスさんは顎《あご》に手をあてながら考え込んでいたが、やがて小さく頷《うなず》く。

「……………なるほど。だから、コマンドで作った見栄えのするステーキよりも、バーベキューのときに食べた、ただ焼くだけの肉のほうがいくらかマシだったんですね」

「でも、それでも全然美味《うま》いとは言えなかったぜ」

「違うよイツキ。僕たちがそのとき焼いた肉も野菜も、コマンドで『切って』いたからその時点ですでにアウトだったんだ」

「それでは試してみましょうか？」

その後、私がリナリスさんに簡易キッチンを貸し出すと、リナリスさんは自分のインベントリからボア系の肉と、自分の包丁を取り出し、『焼肉』レシピに従って、料理コマンドを使用して焼肉を作る。すぐに完成した焼肉をそのままに、今度は自分の包丁でボア肉を切り出し、簡易キッチンのコンロとフライパンで火加減を調節して焼く。

そのふたつの焼肉を私たち四人で試食すると、見た目は明らかにコマンドを使って作ったものの方が美味しそうに見えるのに、味については圧倒的に手作業のものの方が美味しかった。

「コチさんの言う通りね。結局、美味しい料理を作るにはレシピやコマンドに惑わされずに、最初から最後まで自分で作ればいいってことなのね、ただただリアルと同じように。そしてその方法で料理を作っていればおそらく【料理】スキルも生える、というわけね…………………あぁ〜！　もう！　完全にやられたぁ！」

　私の言っていたことが事実だったと証明されたことでリナリスさんが頭を抱えながらのけ反って奇声を上げる。

「ゲームだから、レシピやコマンドがあることを不思議に思わなかったからね」

「あ、でもよ。これからはリナリスが料理してくれりゃあ、俺たちも美味いもんが食えるってことだろ」

「そうよ。って言いたいところだけど、今の私が料理をしても、とてもコチさんレベルのものは作れそうにないわ。街で売っている串焼きが５００Ｇでコチさんのが５００Ｇだとしたらせいぜい１５０Ｇ相当のものが精一杯じゃないかしら」

　リナリスさんが食にうるさいというのは本当らしい。まだ料理のシステムを確認しただけなのに結構鋭い見立てな気がする。

「その理由とかはさすがに教えてもらえないですよね……っていうか食を追求するなら聞いちゃだめね。根本的な部分を無償で教えてもらえただけでも幸運だもの、あとは自分で辿《たど》り着《つ》かないと」

「そうですね。それこそがゲームの……いえ、料理の醍醐味《だいごみ》だと思いますよ」

　本当は別に隠すほどのものは何もない。私がしているのは丁寧な下処理と出汁《だし》の研究だけ。ただいろんな食材の下処理の基礎はおかみさんに叩《たた》きこまれているけどね。

　そのときイチノセの門がゴゴゴゴと開く音が響き渡る。どうやらいつの間にか開門の時間になったらしい。

門が開いたので街に入れるようになったが、街に入る前に兎肉野菜炒《いた》めの試食をしてもらった結果、こちらもかなり美味《おい》しいという評価を貰った。ただ空腹度の回復率は三十パーセント程度で今ひとつ。かと思ったら空腹度が減りにくくなるという追加の支援効果が三時間ほど付くということで、こちらも最低500Gは取れるというお墨付きを貰った。

三人にあるだけ売ってくれと頼まれたが、いろんな人に食べてもらいたいという想《おも》いもあったので、さすがに全部は売れない。三人には二種類の料理を三点ずつ計六点を半額の1500Gで売った。露天売りの準備ができたら、売り切れるまでは限定で販売するという話をしたら必ず買いにいくから連絡してほしいと頼まれたので、三人とカード交換というフレンド登録をしてから別れた。

リイドの住人とかの大地人以外とは初めてのフレンド登録、しかもプレイヤーとは初なのでかなり嬉《うれ》しい。私の冒険初日の成果の締めくくりとしては最高の形かも知れない。

そのときに聞いたところ、彼らは護衛依頼でニノセまで遠征に出ていて、さっきイチノセに戻ってきたところらしく、依頼の終了報告をしたらポータルでニノセに飛んで活動拠点をニノセに移す予定らしい。

はっきりとは聞かなかったけど三人ともレベルは20前後らしく、これはイチノセの冒険者としてはやや高め。どうやらリナリスさんが「【料理】スキルを覚えるためのキークエストがあるなら絶対にイチノセになくちゃおかしい！」と言い張って聞かなかったためにイチノセ滞在が長引いていたようだ。

まあ、実際は見当はずれな思い込みだった訳だけど、結果として私から情報を得て【料理】スキル取得の見込みも立ったし、安全マージンを十分に稼げたことになるのでイチノセに留《とど》まっていたのも間違いじゃなかったことになるのかな。でも、そこにリナリスさんの食に対する執念を感じるのは私だけだろうか。

それはさておき、ひとまずギルドに報告に行ってから休憩で一度ログアウトするという三人とは一度別れた。別れ際に自分たちのログアウト中に料理の販売をしないで欲しいと泣きつかれてしまったので、ゲーム内時間で昼過ぎくらいを目処《めど》に販売をする予定にしておいた。

現状どうやって露店で販売をするかとかがまったくわからないので、それを調べて準備をしていればちょうどそのくらいの時間になるんじゃないかという見立てだ。

という訳で、開いた門を通ってイチノセに帰ってきた私は、商売といえば商人ギルドだろうと推測して噴水広場から商人ギルドへ入る。

噴水広場はイチノセを十字に割る大通りの中心で、北西の区画に冒険者ギルド。北東の区画に商人ギルド。南東の区画に生産者総合ギルド。そして南西には冒険者にも商人にも職人にも該当しない人が登録する住民登録所がある。

今回の目的地は北東区にある商人ギルド。ここで料理の売り方を教えてもらう予定だ。

「次の方どうぞ」

「あ、はい」

商人ギルドに入ると、早朝でまだ人が少なかったこともあり、ちょうど受付カウンターが空いたらしく、すぐに声をかけられた。

カウンターに向かいながら周囲を一瞥《いちべつ》すると、ロビーの造りは冒険者ギルドとあまり変わらない。

大きな違いとしては冒険者ギルドだと食堂兼酒場になっていた部分が、コンビニみたいな感じの販売所になっていることくらい？　あとは全体的に冒険者ギルドよりも雰囲気が落ち着いていて静かだ。


「本日はどのようなご用件でしょうか」

カウンターまで来るとそこには商人ギルドの制服なのか、ゲーム内ではあまり見ない襟付きの淡いピンクのシャツを着こなした、知的眼鏡《めがね》のお姉さんが営業スマイルを浮かべている。

「えっと、自分で作った料理を街で販売したいのですが、許可とかは必要でしょうか？」

「販売ですね」

お姉さんが眼鏡の縁を軽く上げると、眼鏡がキラリと光る。

「街の中で物を売る場合にはいくつか方法がありますが、ご説明いたしますか？」

「はい、お願いできるでしょうか。昨日《きのう》この街に着いたばかりで何も知らないので」

「わかりました。それではひとつずつご説明いたします。まずはバザーです」

それから知的眼鏡の受付嬢マニエラさんから教えてもらったのは『バザー』、『委託』、『レンタル』、『新規購入』の4種類。


【バザー】

商人ギルドにアイテムを登録して商品を預けておけば、各街の商人ギルドで登録されている商品をいつでも買えるというネット販売みたいなもの。いろいろな条件付けもできるし、販売している最中にプレイヤーが拘束されないので人気のシステム。なによりどの街からでも買えるというのが大きく、適切な値付けをすれば売れるのも早い。

ただし売却額の十パーセントは商人ギルドに引かれるので利益は減る。ちなみに買う側もシステムを利用して買い物をすると使用料を取られる。

【委託】

街の中で商売をしている大地人《だいちびと》、夢幻人《むげんびと》に直接交渉して販売を委託する。この場合は委託を受ける側と報酬の取り決めをするので商人ギルドは関与しない。これもプレイヤーが拘束されない方法ではあるが、売り場が固定されてしまうし、個人同士の契約になるため、もめ事になることも多く、性質上大量販売には向かない。

【レンタル】

商人ギルドが管理している店舗を借りて自分で店を開くこと。生産職のプレイヤーはこれで工房付きの店を借りてスキルレベルを上げながらアイテムを売る。そうして資金とレベルが上がったら次の街へと移動して、また店を借りるという人が多いらしい。

ただし商人ギルドが管理している物件になるため、お店の形や場所の選択肢が少ない。屋台でお店を出すこともできるらしいけど、この場合もギルドに場所代を払って借り受ける必要がある。ちなみに屋台自体もレンタル可能とのこと。

【新規購入】

自分で不動産を買って出店する。このとき特に営業許可のようなものは必要ない。自分で好きなように店を出すことができるが、当然ながら不動産は持って移動ができないので先の街に進めるようになってくるといろいろ不都合が出そう。普通はある程度冒険をしていくつか街を巡り、気に入った場所に本拠地を定めてから、その街でホームとして購入するらしい。

今回の私の目的は在庫の料理を売り切ることだから、バザーか屋台のレンタルがよさそうかな。継続的に売るなら委託や新規購入も有りなんだけど。

「失礼ですが、もしかしてお客様は【農業】スキルと【開墾】スキルをお持ちではないですか？」

「え？　はい、ありますけど。どうしてわかったんですか」

屋台でも借りようかと思っていた私に、再びマニエラさんが眼鏡をキュピンと光らせる。私のスキルは偽装されているので、【人物鑑定】を使われてもわからないはずなんだけど。

「本当ですか！　……と、大きな声を出して申し訳ありません。ふたつのスキルをお持ちのお客様は初めてだったものですから。あ、どうしてというのは簡単です。初めて来られた夢幻人様には全員に聞くことにしていただけですので」

「ああ、なるほど」

つまり、全員に鎌をかけていたわけですね。

「もし良ければなのですが、商人ギルドからお客様にご提案があるのですが聞いて頂けますでしょうか」

〈クエスト『農地開拓』が発生しました〉

うおぉっと！　びっくり。いきなりクエストが出てくるのは一年前のチュートリアルクエストをやっていたとき以来だったから思わずビクッとしてしまった。

『農地開拓
内容：イチノセの農業区画を【開墾】して【農業】で作物を収穫する。
報酬：クエスト受領時＝1区画を無償でレンタル。
　　クエスト完了時＝レンタル部分を譲渡。
　　区画の追加購入や農地拡大時に割引（割引率は評価による）。
　　評価による追加報酬あり』

〈受領しますか？　YES／NO〉

マニエラさんの話を聞いていたら突然現れたのがこのクエストだった。発生条件は『商人ギルドに【農業】と【開墾】のスキルを持って訪れる』こと、かな？

「えっと、確認させてください。長らく使用する人がいなくて荒れ果てたこの街の北東区と北西区にある農業用地を開墾してすぐに使える農地にしてほしいということですか？」
「ありていに言えばそういうことです。あそこの農業用地は神託により夢幻人様にしかお売りすることができない土地なのですが、このイチノセでは農地を購入して農業を行う夢幻人様はおられないようで長らく放置されています」

ああ、なるほど。せっかくのVRMMOなのに魔物と戦ったりせずに、第一の街でいきなり農家ルートを選ぶ人はリリース時開始勢の中にはいないかも知れない。【C・C・O】がもっと有名になってプレイヤーが増えてくればそんな人も出てくるかも知れないけど。

それに、チュートリアル後のスキル選択も問題だ。選択できるスキルが五個しかないのにあえて【農業】や【開墾】は選ばないだろう。普通は武器スキル、魔法スキル、身体強化系スキルが優先で生産系を取得するとしても【調合】や【鍛冶《かじ》】などの冒険に役立つものを選ぶはず。

それに、現在のイチノセで販売されている農業用地は荒れ地状態とのことだから、農地を買って栽培をしようと思った人がいても開墾の手間を考えたら間違いなく挫折《ざせつ》する。リイドで農地を広げるための作業に苦労した私にはわかる。普通なら何が悲しくてゲームの中でまでこんな苦労をしなきゃならないんだと思うはずだ。私はコンダイさんと作業するのが楽しかったこともあって、なんとかやれるようになったけどね。

実は【農業】で作物を育てるだけなら、このゲームではそれほど手間はかからない。ログイン時に水撒《みずま》きや雑草取りをちょっとやっておけばすくすくと育ってくれる。だが、なぜか畑に種を蒔《ま》ける状態にするためには無駄に労力を使う。今にして思えば【料理】スキルに関してもそうだが、本当にこういうところがこのゲームの運営は意地が悪い。

「ちなみにレンタルしてもらえる区画というのは本来ならいくらくらいするものなんですか?」

マニエラさんは取り出したファイルをぱらぱらとめくると、台上に置いたファイルを私に見やすいように百八十度回転させてくれた。

「もしお受けして頂けるのであれば、今回は北東区で北通りに面していて、さらに一番中心に近いこの区画をご提供します。こちらは道路側に店舗兼居宅が設置されていて、建物の裏に畑が二面分セットになっています。本来ならば大通り沿いの店舗付き区画は購入するとなると、店舗そのものの価値が高いため畑が荒れ地状態であっても200万Gはくだらない価値があります」

見せられた資料には、長らく使われていないせいかくたびれた感じではあるが、それなりに立派な二階建ての建物が描かれている。レンタル中は建物の価値を損わなければ多少の増改築や改修は可。譲渡後は取り壊しすら自由とのこと。

視界の端で表示されたままになっているクエスト受注のウィンドウをそのままに、マニエラさんの言葉を検討してみるが………悪くない。というかむしろいきなりホームを手に入れるチャンス。開墾に時間を取られるのは正直痛いけど、リイドに一番近いイチノセにホームを構えることは私にとってデメリットにはならない。

それに街から出られるようになったリイドの皆を目立たずに街の外で受け入れることができる場所が出来るのは大きい。リイドの住人はインパクトのある人が多いからしょっちゅう街の中を歩かれたら、気が付く人も現れてくるだろうし騒ぎになる可能性だって十分ある。でも、この場所だと北門から出入りすればほとんど人目に触れずにホームまで来れる。

さらに理想としては、リイドとこのホームを自前のポータルで繋《つな》ぐことができたらなお最高の環境になる。

「期限はありますか？」

「いえ、特に定めませんが、一等地を無償でお貸ししているのですからある程度定期的に成果を上げて欲しいと思います」

うん、それは当たり前だ。無償レンタルに胡坐《あぐら》をかいて農地開拓をしないままにされたらギルドはまるっと貸し損になってしまう。

「具体的には？」

「そうですね、最低でもひと月で畑一面分」

「一面ていうとだいたいどのくらいの広さですか？」

「拡張前の畑は十メートル四方です」

「へ？」

え、それだけ？　それに拡張前って？

「あぁ、まだこちらに来られたばかりでしたね。夢幻人様用の農地には六柱神様と名もなき至高神様のお力で農地拡張の加護がかけられています。拡張をすると見た目は一面ですが、実際の農地面積は広くなります。これは一面につき最大で五倍までの拡張が可能です。ただし、拡張後の土地は基礎となる土地の状態が反映されますので、荒れ地のまま拡張すると荒れ地面積が増えますのでお気を付けください。実際に拡張する場合は神々より商人ギルドが権限を委託されていますので、拡張分の畑を購入して頂ければギルドで拡張の秘術を行わせて頂きます」

な、なんと御都合なシステム。多分これは限りある街の敷地面積でも、イチノセで農家プレイがしたいプレイヤーをなるべく多く受け入れることができるようにするためのシステムだろう。空間拡張は【空間魔法】の管轄……つまり名もなき至高神というのはヘルさんのことになるのかな。

いずれにしろ一面が百平方メートル程度ならコンダイさんに鍛えられた私なら問題ない。しかもクエストを受けた段階で、当初の目的だった料理を売る店舗も確保できる。私は視界の端のクエスト受注画面に手を伸ばすと「ＹＥＳ」をタップ。

「わかりました。その依頼お受けします」

「本当ですか！　ありがとうございます。ギルドとしても困っていたので本当に助かります。よろしくお願いいたします」

「はい」

クールなイメージのマニエラさんが本当に嬉《うれ》しそうだ。こんなに喜んでもらえるならそれだけでこの依頼受けてよかった。

第四章　兎《うさぎ》の天敵

『相変わらずキミには驚かされるよ、コチ君。まさか街を出て二日目にして店舗兼居宅と畑を手に入れるとはね』

『いやいや、まだ手に入れた訳じゃなくてレンタルです』

『コチ君が開拓を失敗するとは思えないからね、それはもうキミのものだよ』

依頼を達成するまではレンタルとはいえ、自由に使えるホームを手に入れたのでウイコウさんにフレンド通話で報告中です。

レンタルした店舗兼居宅はクエストを受諾後、マニエラさんに案内してもらって鍵《かぎ》を受け取った。よろしくお願いしますと頭を下げてからギルドに戻っていくマニエラさんを見送って、実際に建物の内外をざっと見てみたけど建物が傷んでいることもなく、埃《ほこり》が積もったりしているようなこともなかった。

マニエラさんの話では随分と長く使っていないということだったので、修繕や掃除からやらなきゃいけない可能性も考えていたけれど、これなら予定通り開店ができそうだ。この辺はゲームらしい設定で助かった。

ただ、裏の畑については荒れ地というよりはもう林に近い状態だった。ジャングルのように木が密集して生えている訳ではないが、背の高い草と二階建ての家ほどの高さまで生長した木が絶妙にコラボした状態。もしかしてと思ってはいたけど、ただ土を掘り起こせばいいということにはなりそうもなかった。

『さて、そうなると……せっかくの場所を活用しないのはもったいないか。必要以上に手を貸すのもどうかと思っていたけれど、自力でホームを手に入れて店を持つというのなら開店祝いということで、このくらいは……』

『え？　……どういう意味ですか？』

『ああ、今はいいよ。という訳で夕方頃《ごろ》に誰か向かわせたいのだけど、コチ君の予定はどうかな』

いったいどういう訳なのかは全くわからない意味深なウイコウさんの言葉だけど、リイドの皆が悪意で私に不利益になるようなことはしないと信じているので、素直に受け入れて返事をする。

『私はこれから借りたホームで料理の販売をするので夕方までここにいる予定です』

『そうか、わかった。お店の場所はイチノセの北通りだったね？』

『はい』

『お店の名前とかは決まっているのかい？　看板などがあればそれを目印に向かわせるんだが』

店名に看板か……それは考えてなかった。看板自体は作ろうと思えば【木工】スキルと【細工】スキルで簡単に出来る。幸か不幸か裏の畑には木が生えていて、どうせ伐採予定だから木材も確保できる。きっと名もなき雑木とかで素材としては最低品質だろうけど、装備じゃなくて看板だからそれほど質にこだわる必要もない。

となると問題は店名か……料理だけを売るとは限らないからお食事処みたいな名前は使わない方

がいいよね。それなら、いっそ『万事屋《よろずや》』みたいに店の名前自体は売り物を想定させないほうが融通も利きそうだ。その前提でなんかいい案はないかな……と考えたところで閃《ひらめ》く。

自分が持っている称号とかを参考に名前を付けるというのは二つ名みたいでいいかも知れない。ということでステータス画面を開いてじっと眺めてみるが………私の所持している称号って【命知らず】とか【無謀なる者】とか【大物殺し《ジャイアントキリング》】とか【初見殺し】みたいな殺伐としたものばっかりだった。【幸運の星《ラッキースター》】とかは有り得るけど、ちょっとキラキラネームみたいなうえに誇大広告な感じもする。

『どうかしたかい？　コチ君』

『あ、すみません。店の名前を考えてました』

『ははは、そうだったのかい。それで決まったかな』

『ああ……ええっと』

う～ん、じゃあもうこれでいいか。街に来て早々にひと稼ぎさせてもらったし、これから売るもののメイン素材でもある。そして、ある意味このゲームで一番お世話になっていると言えなくもない。

『店名はＮａｔｕｒａｌ　ｅｎｅｍｙ　ｏｆ　ｔｈｅ　ｒａｂｂｉｔ。つまり【兎《うさぎ》の天敵】でいこうと思います』

『む………それは、またキミらしい名前にしたね。うん、でもいいかも知れないね。少なくともインパクトはある。それではキミの開店祝いということで【兎の天敵】に届け物をさせてもらうよ』

『はい、わかりました。楽しみにしています』

ウイコウさんとのやりとりを終えると、本格的に敷地を見て回る。建物は裏に十メートル×十メートルの畑が二面並んでいるので幅だけでなんと二十メートル。農業区の一区画は十メートル×十メートルが基準ということなんだと思うけど十メートル×二十メートルの二階建てはかなり大きい。

一階は、半分が店舗スペース。残りの半分は商品用の倉庫、と畑に繋がる厩舎《きゅうしゃ》、リビング的な休憩スペース……そしてなんと！　結構なサイズのお風呂場《ふろば》が設置されている。

何度も言うがこの【C・C・O】というゲームは成人指定。だから実際に汗をかいたりしないにもかかわらず雰囲気やプレイを楽しむためなのか、いろんなところにお風呂がある。街の宿屋でも少しグレードを上げれば部屋風呂が付いているのが当たり前だった。

チュートリアル用であるリイドの銀花亭《ぎんかてい》には、お湯を浴びるスペースはあっても湯船は無かったからこれは嬉しい。

二階に上がってみると、どうやら居住スペースらしく大きめの主寝室が一部屋とその半分くらいの部屋が四部屋、そして住人が集まってくつろぐスペース、リアル表記ならＬＤＫ？　があった。

これなら主寝室を私の部屋にして、リイドから出てきた皆には四つの部屋を客室として使ってもらえば安心して滞在してもらうことができそうだ。

「よし、じゃあ開店準備ということでまずは看板を作っちゃうか」

建物の中をひと通り確認したあとは、看板を作るために裏の畑へと向かう。裏の畑へは店舗スペースの裏口か、一階住居スペースから厩舎を抜けるルートで出ることができる。

「よし、やろう！」

目の前に広がる鬱蒼《うっそう》とした景色《けしき》に下がりそうになるテンションを自分で鼓舞しながらインベントリから自作の斧《おの》を取り出す。

『木こりの斧＋1
使用時【伐採】レベルに＋1補正　耐久　280／280
武器ではなく伐採用の斧。切れ味に補正がある。
作成者：コチ』

親方に指導を受けて作成した伐採用の斧。武器として転用できない代わりに【伐採】スキルにプラス補正が付く。正直また開拓をするとは思っていなかったので、強化も一回しかしていない普通の斧。
それでも私の【伐採】スキルはレベル3だからレベル4として木が切れるし、斧で木を切るときには【木工】でも【斧王術《ふおうじゅつ》】でも少しだけ補正がかかるのでこの程度の太さの樹木なら……

コォーーン　コォーーン　コォーーン　コォーーン　コォーーン　バキバキバキッ！

と、五回も叩《たた》けば十分。そのまま倒れた木の枝を斧で落とし、インベントリを操作してリイドで作った木工工具セットの中からノコギリを手に取ると適当なサイズで輪切りにカット。リアルだと木材を加工する前に乾燥やらなんやらいろいろあるみたいだけど、ゲーム内では切り倒せばすぐに加工作業に入れる。手に入った素材は案の定【雑木】という木の素材としては最低ランクのものだったけど、これも想定済み。今回は急場しのぎだし看板だから問題ない。

三メートルほどにカットした丸太を今度は真ん中から縦に切る。家具などを作るときには樹皮を剥《は》ぐ作業が間に入るが、今回は雰囲気を出すためにあえて樹皮は残す。上下に樹皮を残したまま五センチ厚の板にして、両サイドをノミで削って形を整えてそれぞれ外側に跳ねて逃げていく感じの兎を彫刻。そしてセンターに『兎の天敵』と大きく浮彫して、その下に小さめに筆記体で『Natural enemy of the rabbit』と彫る。最後に文字部分を炭から作った塗料で黒く塗れば看板の完成。これを二階のリビングから店舗入口の上に固定。ここまでで大体三十分、自分のことながらたいしたものだと思う。

店舗スペースは現在何もない空間だった。もし飲食店をやるならテーブルや椅子、キッチンを調達して置いたり、物を売るなら棚を設置したりと自由にデザインできるようになっているらしい。

入口は来店者が扉を開ける方式じゃなくて、昔ながらの茶屋や八百屋《やおや》のように間口を全開にするタイプの店らしく、北通りに面した部分がスライド式になっていて、全部開ければ開放感のある店構えになる。どんな店をやりたいかによって入口も改装が必要になると思う。ただ今回は手売りのみなので、入口を塞《ふさ》ぐように簡易キッチンを出してカウンター代わりにし、いくつか試食用の料理を並べるだけでいい。料理が冷めてしまっても困るし、注文を受けたらインベントリから出して売ればいいので陳列する必要もない。

これで一応準備は終わりだけど……時間を確認すると開店時刻まではまだちょっと時間がある。

じゃあ、余った時間で宣伝用の幟《のぼり》でも作って、看板を作った残りの木材で購入してくれた人へのおまけプレゼント用に兎のブローチでも作ろうかな。

あっと、リナリスさんたちに店の場所と正確な開店時間を連絡しておかないと。


よし、もろもろ準備完了。いよいよ開店だ。

◇◇◇

「来たよぉ～コチさん！　ってうわ！　露店かと思ったら広くて立派なお店だし……しかもこんなに精巧な看板に幟とか、いつの間に」

開店予定時刻の少し前に私の店に訪れたのは『翠《みどり》の大樹』のメンバー。到着と同時に声を上げたのはリナリスさんだ。残りのふたりは声も出ないのかあんぐりと口を開けている。

「あ、いらっしゃいリナリスさん、レレンさん、イツキさん。急にお店を持つことになってしまって……時間がなくて簡単な準備しかできてなくてお恥ずかしいです」

いざ店を開けてみると、当然店内には商品も並んでないし殺風景に見えてしまう。店の入口を挟むように『美味《おい》しい兎肉料理！　バフ付！』と刺繍《ししゅう》した幟を立ててはみたものの、チープな感じは否めない。

「ええっ！　恥ずかしいっていうか十分すぎるほど立派だよ！　ニノセでお店を出している人たちだって、まともな看板がある店なんかないんだよ」

兎の天敵
Natural enemy of the rabbit

「そうですね、鍛冶屋《かじや》がなんとなく剣に見えるような絵を描いた板をぶら下げるとかですね」

「そうそう、酷《ひど》いと扉に張り紙のレベルだぜ」

リナリスさんが大声を出し、レレンさんが肩を竦《すく》め、イツキさんが頷《うなず》く。

ん～そうなのか、前線の生産職の人たちはあんまり宣伝とかその辺にはこだわらないってことなのかな。まあ、レンタルの店だと長く使わないだろうし、メインの生産スキルのレベルを特化して上げるなら、余計なものにお金や時間をかけたくないというのもわからなくはない。

「そうなんですね。まあ、でも看板や幟があったとしても特に宣伝はしていませんし、北通りはほとんどが農業区で他にお店もないですからそんなに人は来ないと思います。もし良ければこちらでお茶でもいかがですか？」

一応店は開店したものの、立地などの問題からお客はあんまり来ないと思っているので私としてはのんびりしたもの。今も簡易キッチンの後ろの店内に手作りのテーブルと椅子を出してお茶を飲むべくコンロでお湯を沸かしていたところだった。

「……コチさん。お茶ってどっかで買ったの？　それとも」

「お茶ってどこかで買えるんですか？　これは自家製ですけど」

「飲む！　絶対に飲む！　是非飲ませてください。対価が必要ならお金も払うし、なんだったら本当にチラリと見せてあげてもいいから！」

「ちょ！　リナリスさん、近い！　近いですってば！　チ、チラリって何を見せるつもりですか！別にただのお茶に対価はいりませんから！」

「おぉい！　リナ！　それはやめろって言ってんだろうが！　いい加減泣くぞ！　俺が！」

慎ましやかな胸を本当に私に向けて差し出そうとしてくるリナリスさんを、イツキさんが羽交い絞めにして引き離している。リナリスさんの料理に対する情熱には感心するが、それにかこつけてイツキさんとイチャイチャするためのダシにするのはやめてほしい。普通に色仕掛けに弱い自覚はあるので困ります。

◇◇◇

「あ、美味しい……ほうじ茶ですね」

「はい、ある作物の葉っぱを炒《い》ったものですね。この世界の作物の葉は意外となんでもお茶にすることができるんですよ。味は様々なので、茶葉にする過程を工夫したり多少ブレンドしたりはしないとなかなか好みの味にはなりませんけど」

私が作ったカップに注がれたほうじ茶を啜《すす》って落ち着きを取り戻したリナリスさんがほうっと吐息を漏らす。

「そうなんですね……料理コマンドで野菜を『切る』と可食部分以外は消えちゃうから全然そんなこと気が付きませんでした」

なるほど、つまり大根を『切る』と切られた大根が残って、大根の葉の部分は残らないということか。私がおかみさんに料理を教えてもらってなかったら、このお茶も無かったかも知れないと思うとなかなか感慨深い。

その後、お茶だけというのも口が寂しいかと思って、ニジンさんの牧場で搾乳した牛乳を使って作ったミルクプリンを出そうとしたところでまたリナリスさんが興奮し始めたが、さすがに三度目ともなると慣れてくるもので、さっと避《よ》けてイッキさんのところへ誘導して押し出してやった。思いがけず抱き合う形になったふたりが顔を赤くしているが……勝手にしやがれです。

で、私が出したミルクプリン。これはまだ砂糖を確保できていないので、コンダイさんが作った作物のなかから糖度の高い野菜を選別して砂糖の代わりに使用した試作品。そのため甘さは控えめで、ヘルシーな味わいになっている。

これについては、おかみさんとも話し合った結果、量産ができるかどうかという判断以前に売り物になるレベルじゃないと断定した品なのだが……

「美味しぃぃ～！　このしつこくない甘さと滑らかな舌触り！　このゲームでまともなスウィーツが食べられるなんて幸せ～」

「あ、美味しいですね。これは……砂糖じゃなくて果物の甘味？　いや……野菜？」

「うま！　俺はあんまり甘いものが好きなわけじゃねぇけど、これなら全然食えるな」

ということだったので評判は悪くなかった。どっちにしても砂糖や牛乳の安定確保をして、味が納得のいくものにならない限り一般販売するつもりはないけどね。まあ、作ってもほとんどリイドの女性陣で消費されてしまうから売るほど残らないというのが実情だったりする。

それにしても、よく考えたらせっかくVRMMOをプレイしているのに夢幻人《プレイヤー》とまともに話したのはこの『翠の大樹』のメンバーだけ。リイドのメンバーも十分に個性的だからあんまり気にしてなかったけど、せっかくリアルほど気にせず人付き合いができる環境なんだからもう少し交友関係を広げてもいいかも知れない。

そんな感じで和やかな雰囲気でお茶を楽しむことはできたが、お店の方はいまのところひとりもお客が来ない。仕方がないので『翠の大樹』のメンバーとお茶をしながら、暇潰《ひまつぶ》しと【木工】【細工】のスキル上げ、雑木消費のために兎《うさぎ》のブローチをちまちま増産中。

「あの、コチさん。先ほどから何を作っていらっしゃるんですか？」

「ああ、裏の畑の木を伐採して取れた雑木を無駄にするのももったいないので、料理を買ってくれたお客さんに特典としてブローチでも作ってプレゼントしようかなと思っているんですよ。良ければレレンさんもおひとついかがですか？」

私は今作りかけているものではなく、開店までに完成していたブローチのひとつをインベントリから取り出してレレンさんに渡す。

「え、いいんですか？」

「いいですよ、実際料理も買ってくれていますし」

すでに三人には開店後に購入制限として考えていた五点を、制限まで買ってもらっている。お茶をしながらのやりとりだったので私がうっかり渡し忘れていただけだ。

「へぇ、器用ですねコチさん。兎の躍動感が良く出ています」

「ていうか、看板もそうだったけどなんで兎の天敵なんだ？」

「あ、それ私も思った。看板もブローチもなんとなく兎さんが慌てて逃げている感じがするし」

「ははは……まあ、それは聞かないでください。ざっくりと言えば兎系の魔物と相性が悪いってことなので」

【兎の圧制者《ラビットタイラント》】の説明とかしたら突っ込みどころが多すぎる。

「あ、一応装身具じゃなくてアクセサリ枠の装備品なんですね。えっと、名前は」

装身具というのは身に付ける個数なんかに制限がかからない代わりになんの効果もないアイテムのこと。例えば髪を縛るリボンだったり、ローブに付けるワッペンだったり、武具に付ける紋章のことだ。主な目的としてはおしゃれのためだったり、パーティやギルドでシンボルマークとして使ったりもする。パーティで揃《そろ》いのバンダナを、とかね。ただ、私は装身具を作るのがあまり得意ではないので、このブローチは装備品扱いだ。

自分のローブにブローチを装備したレレンさんが、ステータスを開いてアイテム名を確認している。作成のときに名前を付けなかったから、多分それっぽい名前がランダムで付いているはず。変な名前になってなければいいけど。

「へぇ『脱兎《だつと》のブローチ』ですか、面白い名前ですね」

「でも、その兎さんを見たらなんとなく納得。それに結構可愛《かわい》い。まだおしゃれ系の装備はあんまり出回ってないから、ワンポイントでも嬉《うれ》しいかも」

「そうだな。なぁ、それって俺たちも貰《もら》えるのか？」

「勿論《もちろん》ですよ。オープン記念の購入者特典ですからね」

本当なら捨ててしまうような、ただの雑木で手慰みに作ったろくに効果も付いていないおもちゃみたいな装備でも喜んでもらえるなら、作った甲斐《かい》がある。

「はい、どうぞ」

「わぁ、ありがとうコチさん」

「お、サンキューな」

「いえいえ」

それにしてもお客さん来ないな……裏で開墾作業でもしていたほうがいいか？

手元で彫刻刀を操りながらそんなことを考えていたら、さっきから位置が気に入らないのか、ブローチを付けたり外したりしていたレレンさんがリナリスさんたちに声をかける。

「リナリス、イツキ……それを装備したらステータスを見てくれる？」

「ん？　こいつが適当に作った装備品だからバッドステータスでも付いてたか？」

「ちょっとイツキ！　まだコチさんとは今日知り合ったばかりなのよ。失礼な言葉使いはやめて！　それにコチさんは私にこのゲームでの料理の可能性を教えてくれた恩人なんだからね」

ゲーム内で感覚が鈍っているせいもあるだろうけど、イツキさんからは言葉使いの悪さほど悪意は感じないので、私としてはそれほど気にしていない。それでも普通に第三者から見れば態度の悪い高校生みたいには見えてしまうかも。

成人している大人の対応としては確かに褒められたものではないから、イツキさんと交際中のリナリスさんとしては看過できないというのもよくわかる。

「へいへい、わかりまし……ん？」

「もう！　すみませんコチさん。あとでちゃんと躾《しつ》けておきますから。このブローチだっておしゃれ系アイテムとして貴重なワンポイントアクセなの……に、え？」

私のブローチを装備したふたりがレレンさんの指示でステータスを開いたところで固まる。ん〜、やっぱりもう少しちゃんとしたものを作るべきだっただろうか。

「え、うそ。ＡＧＩが＋１されてる……」

「マジか、あんな適当に作ったものが効果付き？」

「やっぱり……僕のだけがたまたまって訳じゃないんだ」

やっぱり装備品に最低の効果しか付いていないのはまずかったらしい。

「あくまで記念品なので本当は装備枠を圧迫しない装身具で作成できれば良かったんですけど、私の場合はちょっと事情があって効果付きの装備になっちゃうんです。最低の効果の装備で装備枠を埋めてしまうのはやっぱり問題ですよね」

私なんかは見習い装備以外の装備ができる場所が限られているから、この問題はより顕著になってしまう。自由に武具を装備できる枠は一枠も無駄にできない。

ただ、私が効果を付与する場合は、効果や属性付きの素材を使ってアイテムを作成する方法ではなくて、ファムリナさんから教えてもらった生産系スキルと【錬金術】【付与魔法】を複合した方法で行っている。これはおそらくまだ広く知られていない方法だと思う。

問題なのはこの方法で作成ができる条件を満たしているプレイヤーがアイテムなどを作成すると、極々低確率で『ランダム付与』が発生することだ。その確率は、普通なら何十個も作成してようやく一個付与されていたらラッキーというレベル。

でも私の場合は生産系スキル、【錬金術】スキル、【付与魔法】スキルの全《すべ》てがある程度育っている状態で、さらに三桁《けた》に突入したＬＵＫさんが加わることで、めったに発生しないはずのランダム付与がほぼ確定で付いてしまう。

ランダムで付与される効果はおまけみたいなものだから、その効果はほぼ百パーセント『○○＋1』のような最低の効果だけ。これが効果のない装身具としてなら体防具にいくつもブローチを付けたり、ワッペンを付けたりできるのに、装備になってしまうと体防具にはひとつしか装備できないため勿体《もったい》ないことになる。

「「「…………」」」

『翠《みどり》の大樹』のメンバーも呆《あき》れてしまって声も出ないみたいだけど、これぱっかりは仕方がない。結局今作っているのは、冒険用装備には付けられなくても街の中で着る普段着とかにならワンポイントアクセとして使えるかも知れない、という程度のまさに記念品です。

「あの……コチさんってまだ初心者なんですよね？」

「そうですね、ゲーム内時間だとチュートリアルの街を出てから二日目です」

リナリスさんの質問に正直に答える。いや、嘘《うそ》はついていない。実際はゲーム内時間で一年近くを過ごしているけど、リイドを出てからは間違いなく二日目だ。

それを聞いたリナリスさんが残りのふたりを引っ張って店の奥でなにやら話し始める。どうやら内緒話がしたいらしい。でも、そのくらいの距離だと周囲の気配を察知する【索敵眼】の効果でやや強化されている私の耳には丸聞こえだったりするんですが……。

（絶対あの人おかしいって！　二日目なのになんであんなに規格外なんだよ）

（ちょっとイッキ！　声が大きいってば）

（でも、確かに現状の知識にも疎《うと》いみたいですし、初心者というのは間違っていないと思います）

（そうだよね、まだアクセサリに効果を付けられる人なんていないからね）

（というか効果が付く素材は高いですから、勿体なくてアクセサリ作成には使わないだけです）

（じゃあなんで、あいつがただ木を削っただけのこいつに効果が付いてるんだよ）

（もしかしたら……運営側が送り込んだのかも知れません。料理システムとかプレイヤーが気付きそうで気が付かなかった設定をさりげなく広める。みたいな役割の）

（あ～、なんかありえそうかも）

（で、どうすんだよ）

（どうもしないよ。だってコチさん良い人だし、料理美味《おい》しいし、これからも普通に仲良くしたいよ）

（同感です。でも、僕たちはコチさんにいろいろ貰ってばかりですから、これからも対等にお付き合いしたいなら、僕たちからもなにか返す必要があると思います）

（うんうん、じゃあ私たちになにができるかな？）


目の前で内緒話をされるのもどうかと思い、つい聞き耳を立ててしまいましたけど、最初に私が感じていた三人は悪い人じゃなさそうだという感触は間違っていませんでした。

となればこれ以上聞くのは信義に反するので、三人が戻って来るまでは【索敵眼】もオフにしてブローチ作成に没頭することにしよう。

「あの……コチさん」

「すみません、いきなり密談みたいなことを始めてしまって」

「いえ、問題ないですよ。パーティ内での意思統一は重要です」

うちのリイドのメンバーは癖が強くてまとまりが悪いから、仲のよい『翠の大樹』が少し羨《うらや》ましい。それにかかった時間もブローチ二個を作成するくらいの時間だったので、長く見積もっても五分程度だ。

「えっと……お客さん来ないね、コチさん」

「あ、そう言えばそうですね。まあ、宿代を考える必要もなくなりましたし、街の散策するときにお小遣い程度のお金さえあれば、これからやらなきゃいけないことにたくさんのお金は必要ありません。なので慌てて料理を売る必要もなくなっちゃいましたから、それこそ問題ありません」

「でもでも！　せっかくの美味しいお料理だからいろんな人に食べて欲しいよね、コチさん」

「……そうですね、作る側としてはやっぱり食べて欲しいですね」

私の言葉に顔を見合わせた三人が小さく頷《うなず》きあう。

「だったら、私たちが宣伝してもいいかな？」

「宣伝……ですか？」

「うん、なんかいろいろごちそうしてもらったりしたのに、私たちはコチさんに何もしてあげられてないから、何かできないかなと思って」

「いえ、こちらもいろいろ教えてもらいましたし、楽しかったので気にしないでください」

宣伝してもらってお客さんに来てもらえるのは確かにありがたいけど、常に開店しているわけではないので、まかり間違ってお客さんにたくさん来られたらそれはそれで困りそうな気がする。

その辺をリナリスさんたちに説明する。

「宣伝って言っても、私たちのフレリス《フレンドリスト》のメンバーにメールしたりとか、雑談スレや私が参加している料理研のスレとかに軽く書き込むくらいのつもりだからそんなに広まらないと思うよ」

「それに営業時間を指定したうえで、売り切るまでの数量限定、購入制限あり、売り切れ後は再販未定だとちゃんと告知するようにします」

リナリスさんの言う通り、その程度の宣伝ならリナリスさんのフレンドの人が義理で来店するくらいか。ん？　いや、違うか。本来ならニノセ以降に行っているはずのリナリスさんたちのフレなら、ほとんどが先の街に進んでいるはず。それなら、いくら誘われたからといってわざわざ転移代を払ってまで戻って来ない可能性のほうが高いかも知れない。

ということは、結局ほとんどお客さんは来ない？

「……わかりました。それではお言葉に甘えたいと思います。ひとまず明日もまたお昼から開店する予定ですので、それで宣伝をお願いします」

「うん！　任せといてコチさん！　私たちが宣伝したら、お客さんがたくさん来て手が足りなくなるかも知れないから、また明日お手伝いに来ますね」

さすがにそこまで来るとは思えないけど、その気持ちは嬉しい。

「わかりました。それではお店は閉めますので、今日はゆっくり休んで明日またよろしくお願いします」

結局、お店を開いていたのはゲーム内時間で二時間ほど。売り上げは『翠の大樹』に販売した分だけという苦い結果で記念すべき開店日は終わってしまった。まあ、でもしばらくは開墾をしなきゃいけないし問題はない。

リナリスさんたちは自信満々で、意気揚々と帰っていったけど明日は大繁盛？……いや、ないか。

すでにお店は幟《のぼり》と簡易キッチンを片付けて閉店作業済み。ただ、リイドから来る誰かがわかりやすいように入口だけはまだ開放している。

「ふあ……」

店先で揺り椅子に座りながら暇つぶしにブローチを作っているが、思わず欠伸《あくび》が漏れる。ゲーム内では昨日《きのう》から徹夜状態なのでそろそろ『眠気』を感じ始めてきたらしい。この眠気さえ我慢すれば、連続ログイン制限であるゲーム内通常時間での三日間、その全てを一睡もしないで過ごすことも実は可能。でも『眠気』は地味に煩わしいので、特に急ぎでやりたいことがなければ無理に徹夜する必要はない。

リイドからから来る人のお出迎えをしたら、こっちで睡眠を取りつつ一度ログアウトしてリアルの諸々《もろもろ》を片付けてからまたインする予定だ。

「お〜い、コチどん。来ただよぉ」

またひとつ完成したブローチをインベントリに放り込んだところで北通りを歩いてくる大きな人

影。そのほっとするような笑顔と雰囲気は見慣れたものだ。

「コンダイさん！」

「あたいも来たよ」

「おかみさんまで！　来てくれたんですか！」

コンダイさんの後ろからぽっちゃり豪快、リイドで憩いの宿を仕切るおかみさんがひょっこりと顔を出す。

「よぉ、コチ。昨日ぶり！」

「…………と、アルはまあ、いいや」

「おぉい！　コンダイとラーサに比べて温度差がありすぎねぇか！」

鞘《さや》に入ったままの長剣を肩に担いで飄々《ひょうひょう》とした笑顔を見せているあの男は取りあえず放っておこう。

「外で話すのもなんですから、中に入ってください」

皆を招き入れ店の扉を閉めると、殺風景な店内を抜けてコンダイさんとおかみさんを一階の居住スペースへと案内する。今のところキッチンとダイニングテーブルと椅子しかないが、話をするだけなら十分なのでささっとお茶を淹《い》れて座ってもらう。四人掛けのテーブルの椅子ではコンダイさんが座るにはやや小さいが、それは我慢してもらうしかない。

「なんか二日も経《た》ってないのになんとなく懐かしいですね」

「コチどんはもうリイドの住人みたいなもんだでな。気持ちはオラたちも同じだべ」

「そうさ。いまとなっちゃ銀花亭もあんちゃんがいなきゃ開店休業確定だからね」

「そうでしたね」

リイドはすでにチュートリアルの街としての役目を終えてしまっているのであの居心地《いごこち》のいい宿屋に夢幻人の宿泊客が来ることはもうない……なんとも勿体無い。

「あ、そうだおかみさん。昨日森でいろいろ食材を見つけたので渡しておきますね。あと、とりあえず私が試作したステーキと炒《いた》め物も」

「お！　でかしたよあんちゃん！　それでこそあたいが出張ってきた甲斐《かい》があるってもんだよ。ふんふん、いいね。キノコ類に各種野草、狼《おおかみ》肉に猿肉、それに木の実かい。量は少ないが種類があるのがいいじゃないか、ちょっとそこのキッチンを借りるよ。コンダイ、その間に用事を済ませておきな」

「わかったべ」

私が出した食材の数々を見て目を輝かせたおかみさんは、一瞬で食材を回収するとスキップでもしそうな勢いでキッチンへと向かっていった。どうやら、わざわざおかみさんがイチノセまで来たのは、新しい食材に少しでも早く出会いたかったかららしい。

「うほ！　ラーサがやる気じゃねぇか。こりゃうまいもんが食えそうだ。暇つぶしに無理やりついてきたけど正解だったたな」

アルの奴《やつ》め、やっぱりそんな理由だったたか。

「コンダイさん、ウイコウさんから贈り物があると聞いているんですけど、用事はその件ですよね」

「んだ。オラたちが預かってきだのはこいつだ」

コンダイさんが自分のインベントリから取り出したのは子供の背丈ほどで、淡くブルーに光っている水晶柱だった。っていうかこれって！

「コンダイさん！　これってまさか……」

「んだ、簡易ポータルだぁ。きちんとリイドの神殿前にも設置してあるで、ここに設置してもらえばリイドへはいつでも行き来ができるだな」

「やっぱり！　でもこんな高価なもの……」

いつか自分で買おうとは思っていた。あれば便利だし、とても嬉《うれ》しいけどこんな高価なものを簡単に受け取る訳にはいかない……よね？

「貰《もら》っとけよ、コチ。もともといずれはお前に渡すつもりだったもんだ。ウイコウはお前が拠点なりホームなりを決めたときに渡そうと考えていたらしいぜ。さすがにこんなに早くホームを持つようになるとは思っていなかったみたいだけどな」

「んだ、オラたちもポータルは使えるだで、この街にポータルがあるのはありがたいべ」

確かにリイドの現状を考えれば、他の街へ繋《つな》がるポータルは必要だ。リイドから出ていくならまだしも、戻れないはずの街へと戻っていく姿を誰かに見られたら不審に思われるだろう。そういう意味では、リイドの北門すら介さずに出入りできるようになるのは本当にありがたい。むしろ必須《ひっす》とすら言える。

「わかりました。それではありがたく頂戴《ちょうだい》します。その代わり、この拠点もポータルも共用ということで、皆さんも遠慮なく自由に使ってくださいね」

「け、最初からそのつもりだっつうの！　身内のもんを遠慮して使う必要なんてねぇだろうが」

相変わらず言葉使いは乱暴だが、それも私のことを仲間として信頼してくれているからこそ……

だがアルよ、私の中に男のツンデレという需要はない！

「んだな。だども、コチどんばかりに甘えられんだで、畑の方はオラも手伝うべ」

「え、いいんですか？　勿論《もちろん》コンダイさんが手伝ってくれれば鬼に金棒で心強いですけどリイドの畑もあるのに……」

「ポータルがあれば問題ねぇべ。時間だけはあっただで、あっちの畑はある意味完成してるだ。手入れだけなら時間はかからねぇし、収穫も種まきも何人かでやればあっという間だ」

なるほど……確かにコンダイさんの畑は美しいと感じるほどに洗練されていた。リアルと違って、システマチックに簡略化された部分も多いこの世界の農業ならコンダイさんの言う通りかも知れない。

「ありがとうございます、ではお言葉に甘えます」

このクエストは、おそらく最終的に開墾したエリアの広さで追加報酬が変わる。第一の街だけにそれほどいい物は貰えないかも知れないけど、畑を追加購入する際の割引だけでもお得なのでいけるところまで開拓してしまおうと思っていたのでかなり有り難い。

「話はまとまったかい、あんちゃん」

「あ、はい」

「じゃあ、こいつをちょっと食べてみてくれるかい」

おかみさんがそう言って差し出してきたお皿には、私が試しに作った料理とよく似た見た目の炒め物が盛られている。どうやらおかみさんはあえて私と同じ条件で同じ料理を作ったらしい。見た目は同じでも私の料理の師匠でもあるおかみさんの料理はおそらくまったくの別物のはず。

その味を早く知りたいという思いと、力の差を感じさせられるかも知れないという不安が私の心の中で混ざり合い、ちょっとした緊張となり思わずごくりと喉《のど》が鳴る。

「い、頂きます」

私はお皿を受け取り、インベントリからマイ箸《はし》を取り出すとおかみさんの料理をゆっくりと口の中へ…………

「うまっ‼」

思わずそう叫んでしまうほどに美味《うま》い。私が作った炒め物は淡白な猿肉に出汁《だし》で味わいを出し、キノコや木の実の風味と食感を意識した。だけどおかみさんの料理は肉自体の旨味《うまみ》が全然違うし、キノコにほんの僅《わず》かだけあった嫌な風味や、木の実特有の微《かす》かなえぐみが全くない。

「でも、どうして……あ、肉がねじねじされている？　これがまた新しい食感になっているのか……あれ、これってまさか！」

「気付いたかい？　その肉は猿肉と狼肉を三対一になるように組み合わせたものさ。肉の下処理に関しては及第点だけど工夫はまだまだだったね、あんちゃん」

そうか、猿肉に足りないものを狼肉で補って私の料理にあった物足りなさを解消したのか。しかもそれを利用して新しい食感まで加えてくるなんて……。

「さらにキノコ類はどれも中心部に僅かに質の違う菌糸があったね。こいつを除けば雑味が消える。木の実も皮を剥《む》いたところまでは良かったが、皮と接していた部分に対するケアがなかったね。火にかける前に軽く水で洗うだけでも全然違ったはずさ。味を追求するなら薄皮一枚分ほどをさっと削ればベストだったね」

うん、参りました。おかみさんの料理はやっぱり凄《すご》かった。あの短い時間でそれだけの作業をこなしたこともそうだけど、それよりも各食材の問題点をすぐに見つけて、それを解消する方法をすぐに思いつくのが凄い。リナリスさんとかに絶賛されてちょっといい気になっていたけど、やっぱり私なんかはまだまだおかみさんの足元にも及ばない。

その後は、おかみさんの料理に皆で舌鼓を打ちつつ、いつものように馬鹿話に興じ、食事の合間におかみさんが準備してくれたお風呂《ふろ》に男三人で突入。風呂上りにポータルを二階のリビングに設置。なかなか楽しい時間だったけど、そこでいい時間になってしまったので、三人に夢入り《ログアウト》（＝夢幻人がログアウトすること）することを告げ、二階の個室を自由に使う許可をして自室でログアウトした。

掲示板

【目指せ美食】美味い料理を研究するスレ【料理　Part7】

ここは【C・C・O】内で美味《おい》しい料理を作りたい人、もしくは美味しい料理を食べたい人が集まって料理について語るスレです。
【追記：重要！】料理スキルに関しての情報を強く求めています！

・ここは料理について語るスレです。板違い注意。
・レシピの取得情報はテンプレ使用を推奨。テンプレのリンクはここ→【××××】
・美味しい料理を見つけたら報告をお願いします。
・ネチケット（笑）を守って書き込みましょう。
・次スレは950を踏んだ人がお願いします。

：：：：：：：：：：：：：：：

889：豚肉大好き
新レシピ発見したので報告です！

番号：129
料理名：ソードサーモンフィッシュの塩焼き
取得場所：サンノセ、西区の定食屋
取得条件：剣鮭魚を持った状態で店主とお話し？
必要素材：剣鮭魚、塩
味：やっぱり美味しくない

効果：空腹度15%回復

890：パクチー大好き
乙。

891：ライス大好き
おつカリー。それにしてもレシピはもう100越えたんだね。

892：パクチー大好き
おれ、パクチー嫌い(；´Д｀)

893：チャーハン大好き
レシピ100到達で【料理】スキル解放を夢見た日も遥《はる》か昔になっちゃいましたね。

894：マロン大好き
>>892　ＨＮ《ハンドルネーム》を入れないで入室したら完全にランダムですからw

895：味王
これだけレシピ集めて、料理を続けているのにスキルが取れない以上レシピの数はスキル取得とは関係ないってことなんだろうな。

896：豚肉大好き
ありがとうございます(´∀｀)
「素材持ち込み＋料理店で話を聞く」はレシピ獲得のテンプレですからね。難しくはなかったです。人見知りさんにはきつい仕様ですけど。

897：ライス大好き
あ、レシピ最多取得記録保持者にして、もっとも料理スキルに近いと言われている味王さんだ。いらっしゃいませ。

898：パクチー大好き
まあ、このゲーム内じゃリアルでパクチー喰《く》うのと同じくらい料理に難ありだけどね。

899：チャーハン大好き
>>897　www　誰《だれ》に対する説明？

900：マロン大好き
レシピ最多取得記録って効果はなんでしたっけ？

901：豚肉大好き
味王さんが言うならきっとレシピ数は関係ないんでしょうね。料理スキルなんてもっと簡単に取れてもいいと思うんですけど……実装はされているんですよね？

902：味王
>>900
食材のドロップ率が微上昇。効果は微々たるもの。そもそも美味《うま》く調理できない以上はただひたすら食材を無駄にしているだけ。

903：パクチー大好き
実装はされている。運営に質問したら『間違いなく実装されています』と返事があったらしい

904：リス
【料理】スキルゲットォォォォォォォ！！

905：マロン大好き
(；ﾟДﾟ)ガタッ！

906：チャーハン大好き
(；ﾟДﾟ)ガタッ！！

907：ライス大好き
(；ﾟДﾟ)ガタッ！！！

908：豚肉大好き
(；ﾟДﾟ)ガタッ！！！！

909：パクチー大好き
マジか！
情報！　情報プリーズ！

910：味王
取得条件がわかっているなら是非教えて欲しい。情報料が必要なら言い値で払う

911：リス
ちなみに私が発見した訳じゃなくて、料理スキルを持っていた人に偶然出会ったので頼み込んで教えてもらいました。その人も取得条件を知っていた訳ではなかったんですけど、多分これだっていう方法を教えてくれて、その通りにしたら

……ゲットできました。でも検証としてはまだ不十分かも

912：チャーハン大好き
リスさん、是非方法を教えてください！

913：ライス大好き
私もお願いします！

914：リス
>>910
だよねぇ、普通はそうなるんだけど……
料理スキルを教えてくれた人がとってもいい人で、情報を秘匿するつもりはないと言ってくれました。なので取得方法と思われる情報を公開します。

915：マロン大好き
お金とかあんまりないですけど私も知りたいです！

916：味王
検証なら俺たちも手伝うことができる。仮に取得方法が間違っていても返金を求めたりしない。正直これ以上料理関係に進展がないならこのゲームからの撤退も考えていたからな。惜しくはない

917：パクチー大好き
>>914　マジで？

918：豚肉大好き
>>914

なんというか欲のない人ですね。VRMMOだとリアルじゃないからって結構がめつく吹っ掛ける人も多いのに

919：ライス大好き
でもやっとまともな料理が作れるのは嬉《うれ》しいです。わくわくしてきました。

920：リス
で、情報は無料で公開するんですけど。ちょっとお願いがあるんです。

実はその恩人さんが今日イチノセの北通りに『兎《うさぎ》の天敵』っていうお店をオープンしたんです。でも宣伝もなにもしていないし、お客さんが全然来なくて……(´;ω;`)

恩人さんはまだ初心者でお店も、さしあたってはいまある在庫の料理を売り切るまでの限定オープンなんですが、お料理は涙が出るほど美味しいですし効果も抜群です（詳細は買って確認してねw）しかも今なら購入者特典で可愛《かわい》い兎の木彫りブローチもくれます。

私が値付けに協力して@500を設定しましたが、それでもちょっと安すぎたと思えるくらい絶品です。

それでゲーム内時間の明日お昼からもう一度開店するので是非お客さんとして来てくれませんか？　というお願いです。

購入してくれたら希望者にはそこでお教えしますし、時間や都合が合わなくて来られなくても明日の夜には公開します。

ただし情報の拡散は構いませんが無償で情報を提供して下さった恩人さんの気持ちを汲《く》んで、その情報をお金にするのはやめてください。

921：マロン大好き

オラも、わくわくすっぞ！ｗ

922：チャーハン大好き
料理の検証なら大歓迎です！

923：味王
>>920
その人が作った料理というなら是非食べてみたい。頼まれなくても是非行かせてもらう。情報についてもそれは当然だろう。自分が善意で公開した情報であくどく儲《もう》けるような奴《やつ》がいたら二度と情報提供なんてしてもらえなくなってしまうからな。
私はカイセにいるが、ポータルを使えば一瞬だ。必ず明日買いにいかせてもらう。今から楽しみだ。

924：豚肉大好き
兎のブローチ欲しい！　まだプレイヤーも実用装備以外にお金を使う余裕ない人がほとんどだから、アクセサリとか作っても売れないらしくて作らないって生産者さんが多いんだよね

925：パクチー大好き
俺も行こう。正直言って美味いものに飢えている

926：ライス大好き
私も行きます！

927：リス
ありがとう！

私も明日はお店の手伝いに行くから、スキルについてはそのときに教えますね。
ではご来店をお待ちしております（私は店員でもサクラでもありませんw）

◇　◇　◇

一度ログアウトして、食事やトイレ、トレーニング、入浴などをさくっと済ませて再びログインするとゲーム内時間はちょうどお昼前くらい、計算通り。

ログイン中は眠っているようなものなので身体的に疲れることがないのは有り難い。例えるならずっと明晰夢《めいせきむ》を見ているような状態なので精神的には少し疲れるのかも知れないけど、仮にログアウトせずにゲーム内で八時間眠ればリアルで八時間眠ったのと同程度の休息になるらしいので、ゲーム内加速は睡眠時間を節約できるツールとしても注目されているらしい。

ちなみにあくまでもこれは精神的疲労の場合。肉体的な疲労は当然リアル時間でしか回復しないので、例えばブラックな企業で朝まで働いて三倍加速のゲーム内で六時間寝て、リアルの二時間後にまた出勤なんてことをし続けたらすぐに体を壊すと思います。当然私はそんなことしないけどね。

ログインが完了して、目を開けると木製の天井が視界に映る。本当なら『知らない天井だ』ネタを入れたいところだけど、すでにリイドで一年近く過ごしていた私にとって木製の天井は見慣れたもので、むしろリアルに戻ったときに天井があまりにも白くてびっくりしたほどだったりする。

体を起こして軽く伸びをするとベッドから下りて主寝室を出る。誰かいるかなと思いそのまま二階のリビングへと向かい、扉を開けると部屋の隅には昨日《きのう》設置された簡易ポータルが置いてある。これの設置と同時にひとまず護衛のアオはリイドに送還してある。ここはホームの中だし、ログアウト中まで私のために拘束するのはさすがに申し訳ない。その他には大きめのローテーブルとそれを囲むソファー。そして一階のキッチンよりも大きいカウンター型のキッチンが備え付けられている。

「ん、起きたかい、あんちゃん。なんか食べるかい？」

「あ、おかみさん、おはようございます。ごちそうになります」

扉を開けるとキッチンで作業をしていたおかみさんが私に気が付いて声をかけてくれる。ついでにお腹《なか》も空《す》いてきていたのでお言葉に甘える。一年近くも一つ屋根の下で暮らしてきて、食事の面倒をみてもらってきているので遠慮をするような間柄でもない。自分で勝手に思っているだけで、恥ずかしくて口には出せないけど、私の中でラーサさんはもうなんていうか寮母さん？　それとも親戚《しんせき》の叔母さん？　……母親？　はさすがに言いすぎかも知れないけどそんなふうに感じている。

「ほら、食べな。今日もお店やるんだろ。始まったら食べている暇がないかも知れないからね」

ソファーに座って待っている私におかみさんが持ってきてくれたのは、ローストした狼肉と薄くスライスした各種野菜をパンに挟んだサンドイッチ。そのサンドイッチが食べやすく三角にカットされて大皿に山盛りになっている。相変わらずの大皿料理で素敵なボリューム感である。

「大丈夫ですよ、おかみさん。昨日も閑古鳥が鳴いていましたからね。今日は少し増えるかも知れませんけど、基本的には開店休業状態だと思いますよ」

気楽に返事をしながら、手に取ったサンドイッチを口に運ぶ。勿論《もちろん》安定の激ウマさである。

「そうかい？　外を見るとてもそうは思えないんだが、あんちゃんがそう言うならそうなのかね」

「は？」

「あん？　気が付いてなかったのかい？　外には結構な人が集まっているよ」

は？　いやいや、まさかそんな……。

サンドイッチをかじったまま半信半疑で窓から通りを……

「ぶほっ！」

見下ろした途端に思わず食べかけのサンドイッチを吹き出す。そこにはすでにいろんな種族の冒険者風の人たちが数十人。さらには噴水広場の方からもぞくぞくと人が歩いてきている状態だった。

おそらく最初はリナリスさんたちが集めてくれたお客さんだけだったのではないだろうか。だけど、リアルに戻れば夢幻人のほとんどが行列好きな日本人。人が集まっていたことで、人が人を呼ぶ状態になったのかも知れない。


「あ、コチさ～ん！　お客さん連れてきたよ～！」

「……」

店の前で行列の整理をしていたリナリスさんが私に気が付いて無邪気に手を振っている。うん、ちょっとリナリスさんを舐《な》めていた。まさかここまでの影響力があるとは……。

「コチさん、あとどのくらいで開店予定ですか？」

「え？　あ……えっと、ちょっと早いですけどあまりお待たせしてもあれですから、すぐに開けます。もう少し待っていてください」

「良かったぁ！　そろそろ収拾がつかなくなりそうだったから助かったかも。じゃあよろしくお願いします」

「はい、少々お待ちください」

窓から離れ、慌ててサンドイッチを掻《か》きこむと絶妙のタイミングでおかみさんが出してくれた水を受け取って飲み干す。

「ぷはぁ、ありがとうございます。今日も最高に美味しかったです。これからお店を開けてきますけど、おかみさんたちは表に出ないようにしてくださいね」

「まあ、あたいのことなんか誰《だれ》も覚えていないとは思うけどね。ウイコウにも言われているし承知しているよ」

おかみさんがあっはっはと笑いながら手をぱたぱたと振る。任せておけということだろう。

「あ、そう言えばアルとコンダイさんはどちらに？」

「ああ、アル坊は暇だからってひとりで狩りに行ったね。コンダイはいったんリイドに戻ったけど、今はニジンも連れて帰ってきて裏で開拓作業しているよ」

アルめ……勝手に出歩くなって言っておいたのに。まあ、もともとろくに会話もできない門番だった訳だし身バレするようなことはないだろうけど。ん？

「あれ？　ニジンさんもですか？」

「ああ、大型の召喚獣に開墾を手伝わせるんだとさ」

大型の召喚獣？　リイドで私が見たことのあるニジンさんの召喚獣はいつも牧羊犬代わりに召喚されているかわいそうな巨狼《きょろう》だけ。ということはまだ見たことのない召喚獣だ。うぅ、是非見てみたいけど、今はお店が先か。

「お店が片付いたら私も手伝いますので、コンダイさんとニジンさんにも外に出ないようにというのと合わせて伝えておいてください」

コンダイさんとニジンさんはリイドの中では必須《ひっす》クエストのメンバーではないから知名度も低いはずだし、もともと畑部分は通りに面していないから裏にいる分には問題ないはず。

「あいよ、任しときな。頑張っといで」

「はい、行ってきます」

おかみさんに見送られてリビングを出て階段を下り、一階の店舗部分に出ると扉を開ける前にカウンター代わりの簡易キッチンを出す。

「店内になだれ込まれるようなことはないと思うけど……一応立ち入り禁止の設定にしておくか」

店舗やホームでは所有者が第三者の出入りを制限することができる。なので店舗部分はフレンド限定で立ち入りを許可。フレンドが少ない私の場合、これで店舗の敷地に入れるのはリイドの住人と『翠《みどり》の大樹』のみになる。居住区や畑にはいまのところリイドの人たち以外に許可を出すつもりはないので、そっちも忘れないうちに設定しておく。

「これでよし。リナリスさん！　開けますよ！」

「は〜い！　了解です！」

扉の向こうから返事があったのでスライド式になっている店の扉をガラガラと開けていくと、金髪エルフのリナリスさんが手を振っていた。

どうやら列の先頭にいる長身、白髪《しらが》、白髭《ひげ》で和風な衣装を着たダンディなナイスミドルと話をしていたようなのでおそらく知り合いなんだろう。

「お待たせしました。でも、どうしてこんなことになったんですか。こんなにたくさんの人がわざわざイチノセまで高い料理を買いに来るなんておかしいですよ」

「ん～、わかってないなぁコチさんは。例の方法で私も昨日【料理】スキルを覚えられたのよ」

「あ、そうなんですか！　良かったです。これで自分でも好きな料理が作れますね」

「そうなの！　やっと……やっとまともな料理を作って食べることができるの。つまりは、そういうことよ」

「は？」

えっと……ようはリナリスさんは【料理】スキルが取得できて凄《すご》く嬉《うれ》しいってこと？

まあ、それはわかる。スキル取得のために、半ば冗談だったとはいえ体を晒《さら》してもいいくらいに熱望していたんだからそれは嬉しいだろう。でも、それとこの行列になんの関係があるというのか
……あ！

「もしかしてここにいる人たちって料理、もしくは食べることが大好きな人たち、ですか？」

「正解！　料理スレでスキル取得方法を無償で教えてあげるからお店に来てってお願いしたら、あとは何もしなくてもどんどん話が広まって……この状態ってこと！」

リナリスさんがえっへんと胸を張る。なるほど、そういうことか。

ゲーム開始以降、いくらレシピを集めて料理をしてもスキルは取得できない。そして作った料理はどれも美味《おい》しくない。そんな状況がずっと続いていたとしたら、美味しい料理と【料理】スキルの取得方法にこれだけの価値が出てもおかしくない。

しかもここにいる人たちはその中でも特に料理することや食べることに強い想《おも》いがある人たちということだから……うん、なんとなく納得。

まあ、別にスキルの取得方法は広めてもらって構わないし、料理が売れるなら私にとっても有り難いことなので問題はないのだけど……これは、ちょっと忙しくなりそう。

「事情はわかりました。宣伝ありがとうございます、リナリスさん。でも私は料理の販売はしますけどスキルの取得方法の説明はしませんから、そっちはそちらでお願いしますね」

「わかってます。この北通りは農業区でここより北にはほとんど人はいないし、料理を買ってくれた人たちをそっちに誘導して私のほうで対処するから任せておいて」

「よろしくお願いします」

売り子だけで手一杯になりそうなので、スキル関係はリナリスさんに丸投げだけど、別に私自身が教えると言った覚えはないし、リナリスさんも自分で説明するつもりだったみたいなのでそっちは好きにやってもらおう。

さしあたって私はこのお客さんたちの対応に専念する。インベントリから作り置きしてある料理を取り出しながら並んでいるお客さんたちに向かって声をかける。

「それでは『兎《うさぎ》の天敵』開店します！」

「う～ま～い～ぞぉぉぉぉぉぉぉぉぉ！！！」

先頭に並んでいた白髭のナイスミドルが、購入した私の料理を食べて叫び声を上げつつ口から光を放っている（光魔法の応用だろうか？）が、とりあえず気にしない。というかそれどころではない。

「コチさん、次の方も購入制限MAXです」

「はい、お願いします」

「じゃあ2500になります。こちらが購入特典のブローチです。料理や特典の確認は奥へ進んでからお願いします」

なぜならまったく列が途切れないお客さんを相手にするのに精一杯だからだ。レレンさんが料理の受け渡しと精算、特典のお渡しをしてくれているお陰で私はインベントリから料理を取り出していくだけでいいのだが、レレンさんの手際がよすぎて休む暇がない。どうやら事前に並んでいるお客さんへ、購入時の動線とか支払額の事前準備とかのいろいろな注意事項を説明してくれていたらしくお客さんの動きにも淀《よど》みがない。

新しく並んだ人たちにも、イッキさんが列を整理しつつ説明をしてくれているので、レレンさんの動きも軽快なまま。その一方で北通りの奥では。

「なんと！　それではレシピと料理コマンド自体が運営の罠《わな》だったということか！」

「っざけんな運営！　味覚を破壊され続けた俺たちの時間を返せ」

「でも、罠にはまったのは確かに悔しいけど、ちゃんと自分で調理すれば美味しい物が作れるってわかったんだから私はいいかな」

「そうだよね、集めたレシピだってコマンドを使わずに調理すれば美味しく作れるってことだから無駄にはならないと思うし……それにこの兎さんブローチが可愛《かわい》い」

「そうだな、さっそく私は【料理】スキル取得のためにレンタルキッチンへ行ってくるとしよう。スキルが取れたらこれまで集めたレシピを全《すべ》て自分の手で作ってみるつもりだ」

「あ、私もスキル取りに行こう。食材は……買わなくてもなんとかなるかな。味王さん、イチノセのレンタル生産施設ってどこにあるか知ってます？」

「ああ、確か南東区の職人ギルドの近くにあったはずだ」

「じゃあ早く行こうぜ。この様子じゃすぐに希望者で溢《あふ》れそうだからさ」


そんな感じの会話が交わされて人が減るとすぐに次の人たちが集まり、リナリスさんがスキル取得方法を説明してまた移動していくということが繰り返されていた。今回のお客さんは料理がメインのためか、兎のブローチに関しては本当におまけ扱いでほとんど見もせずにインベントリにしまい込んでいる人が大半だ。まあ効果なんて有ってないようなものだしそんなものだろう。

結局そんなこんなを繰り返して、ようやく北通りから人がいなくなったのは空が茜色《あかねいろ》に変わる頃《ころ》だった。予想外の来客数に作り置きしていた分は売り切れてしまい、途中から料理と同時進行の販売になったのでそれなりに時間がかかってしまった。


でもおかげさまで料理はほぼ完売。在庫の兎肉も全てなくなって売り上げは……手持ちが90万Gに届かないくらいだから千八百食くらい売れた計算？

「いやいや……儲《もう》かりすぎでしょう」

「いえ、今日に限って言えばしごく妥当な結果だと思いますね」

「そうそう、コチさんの料理にはそれだけの価値があったってことだよ」

「どうでもいいが……疲れた」

最後まで手伝ってくれた『翠の大樹』のメンバーだが、さすがに三人ともぐったりしている。とてもじゃないがこの三人が手伝ってくれなかったらここまでスムーズに料理を売り切ることはできなかったので本当に助かった。

「皆さん、本当にお疲れ様でした。これは私からのお礼というか、労働の対価ですので受け取ってください」

インベントリから10万G×三を取り出すと三人に手渡していく。

「え……駄目だよ、コチさん。貰《もら》えないってば。もともと私たちがコチさんに対するお礼ってことで始めたことなんだから」

「はい、それにたかだが数時間のお手伝いでこんな大金は」

「……いいんじゃねぇの、貰っとけば」

「イツキ！」

しきりに受け取りを固辞しようとするリナリスさんとレレンさんを見ていたイツキさんがつぶやいた言葉でリナリスさんが目を三角にしている。これで仲が良いカップルだというのだから面白い。もしかしたらリアルの『僕』も表層の感情だけを見て距離を置くのではなく、もっと深くまで踏み込んで人付き合いをしていたらもう少し違った人間関係が築けていたのかも知れないと思わせる。

「いいんですよ、リナリスさん。イツキさんの言う通り貰ってください。今日のこの売り上げは宣伝からお手伝いまでしてくれた皆さんがいなければ、到底達成できなかったものですから。それに……ちょっと待っててください」

私はリナリスさんを説得する秘密兵器を取りに一度居住スペースへと戻る。そしてすぐに用事を済ませて店に戻る。

「正当な報酬を受け取ってもらえるのなら、今日一日でしたが私のお店の店員だった皆さんのため、特別に賄いをお出しします」

「え！　コチさんの賄い？　そんなの絶対美味しいに決まってるじゃん！　……あ、でもだめだめ！　今回はコチさんへの恩返しなんだからけじめははっきりしないと。レレンとイツキも駄目だからね！」

「わかっています」

「ちっ、わぁったよ」

美食家を自称するリナリスさんが速攻で落ちそうになったが、どうやら寸前で思いとどまったらしい。だが、私の秘密兵器はその程度の覚悟でどうにかなるようなものではありませんよ。その破壊力は桁外《けたはず》れですから。

「そうですか……残念です。じゃあ本当に要らないんですね、お金も賄いも」

「そ、そうよ！　私たちが感謝の気持ちでしたことだもの」

「わかりました。あんまり無理強いするのも皆さんの善意を踏みにじってしまいますし、これ以上言うのはやめます。これからお出ししようと思っていた料理は私の料理の師匠が作ったものだったんですが、後で私が食べることにします」

そう言ってことさらにゆっくりと居住スペースに戻ろうとする私の腕が『ぐわし』と掴《つか》まれる。

「待って！　コチさん」

「はい？　どうかしましたかリナリスさん」

「あなた今、なんて言ったの？」

当然私の手を掴んでいるのはリナリスさん。みしみしと音を立てそうなほど力強く握られた私の手首。素のＶＩＴが低いこともあってこのまま折られるんじゃないかと不安になるレベルだ。

「え？　賄いは後で私が食べる、と」

「違う！　そこじゃなくて……だ・れ・が・作ったって？」

期待に輝くその目は発情した雌ライオンのようだ。といってもそんな状態の雌ライオンを見たことはないのだが……なんとなく？

「私の料理の師匠です」

「貰う！　バイト代も賄いも全部頂きます！　そしてやっぱり恩返しはエロ的なもので払います！」

「リナリス！」

「い、いりませんからね」

「…………はぁ」

く、せっかく受け取らせるまでは計算通りだったのに。リナリスさんは最後までぶれなかった。

その後、バイト代を受け取った『翠の大樹』に、今朝《けさ》おかみさんが作ってくれたサンドイッチを賄いとして振る舞ったのだが、それを食べた三人がどうなったのかは……三人の名誉のために黙っておくことにする。

しばらくして正気に戻った『翠《みどり》の大樹』のメンバーは、これから拠点をニノセに移すということだったので残っていた兎料理をいくつか餞別《せんべつ》で贈ってから別れた。昨日《きのう》出会ってからたった二日の付き合いだったけど、間違いなくいい出会いだったと思う。

ポータルへと消えていく三人を、一抹の寂しさを感じつつ店の前から手を振って見送ると、簡易キッチンをインベントリに収納して店を閉め、居住スペースへと戻る。

「おう！　お疲れ。大盛況だったな……おっと！」

「ち！」

「へ、そういつもいつも当たるかよ」

一階のリビングに戻ると呑気《のんき》に寛《くつろ》いで酒を飲んでいるアルがいたので、問答無用で石を飛ばす【土弾《アースバレット》】を無詠唱で発動したのだが、あっさりと手甲で弾《はじ》かれてしまった……ちょっと悔しい。『白露の指輪』で補正がかかっている【水弾《ウォーターバレット》】にすれば良かった。それなら手甲で弾かれても水をかけることができたかも知れない。

「こら。家の中で魔法なんか使うんじゃないよ！　じゃれるなら外でやっとくれ」

「っと、すみませんでしたおかみさん。勝手に狩りに行ってすっきりした顔で酒を飲んでいるアルを見たら、つい」

「ま、気持ちはわかるけどね。だけど今日のところは見逃してやんな、今日のアル坊はボア系をメインにいろいろ食材を確保してきたからね」

「アル坊はやめろって……」

アルのつまみを作っていたらしいおかみさんが、キノコと山菜のゴマ和えが乗った皿をテーブルに置きつつ珍しくアルの肩を持つ。おかみさんの判断は良くも悪くも料理に関係することに引っ張られがちなので、アルが新規の食材を持ち込んだってことになると、今日この場では私の分が悪い。

「コンダイさんたちはまだ裏ですか？」

「そうだね、今日はもう暗くなるし、切り上げるように言っとくれ。あたいは二階のリビングで料理をしているから揃《そろ》ったら上がっておいで」

「はい、わかりました」

上機嫌で二階へと上がるおかみさんを見送ると、得意げな顔をしているアルを無視する振りをしつつ、インベントリから瞬時に取り出したマイ箸《はし》でごっそりとアルのつまみの半分ほどを一気に口に放り込むと即座に厩舎《きゅうしゃ》へと続く扉に逃げ込む。

「あぁ！　コチてめぇ！　俺の労働の対価を！」

ふふふ、開墾を手伝うでもなく、ひとりで狩りを楽しんできた罰が当たったのだよ。などとひとりで悦に入る私。

う〜ん楽しい、アル相手だとついつい遊んでしまう癖は治りそうもないな。

「あ、コチさん。助けてください！　コンダイさんが私のマームちゃんとモームちゃんを私ごとこき使うんです！」

厩舎手前にある三和土《たたき》のスペースから厩舎に入ると、草色のツナギを着たオレンジ髪の眼鏡《めがね》っ娘《こ》、ニジンさんが足下に縋《すが》りついてくる。眼鏡の奥のくりっとした目は涙目で、表情は悲愴《ひそう》感に満ちて

いる。それを見た私の感想は『ああ、やっぱり』だ。コンダイさんのペースで開墾を手伝わされるのはかなりしんどい。いくら達人ばかりの街とはいえ、ニジンさんの得意分野は畜産と魔物使い《テイマー》、召喚士《サモナー》がメインだから肉体労働はきついだろう。

「はいはい、よしよし。コンダイさん、ちょっとは手加減してあげないと駄目ですよ」

ニジンさんの頭をよしよしと撫《な》でながら、その後ろから農具を担いでのそっと現れたコンダイさんに一応注意しておく。

「なことねぇべ、コチどん。ニジンさ頼んだのなんか材木の収納ぐらいだぁ」

「ああ！　酷《ひど》いですコンダイさん！　私とマームちゃんたちは一心同体なんですよ！　マームちゃんとモームちゃんをあんなに酷使されたら私だって辛《つら》いんです！」

ああ、そうか。そっちのパターンもあったか。ニジンさんは家畜や召喚獣を愛しすぎちゃっているから彼らを過保護なくらいに甘やかしているんだった。

「となると、実際にそのマームとモームに聞いてみないとですね」

「望むところです！　私のマームちゃんとモームちゃんをあんなに働かせるなんて、もう疲労困憊《こんぱい》になっているはずです！　さあ、マームちゃん、モームちゃん中へ入っておいで」

ニジンさんが立ち上がってコンダイさんの後ろに声をかけると、畑の方から小象ほどもありそうな影がふたつ、厩舎へと入ってきた。

「おお……大きい。牛型？　というよりも野牛って感じで強そうですね」

【鑑定眼】によると『ブラックホーンバイソン』という種類の魔物らしい。明らかに強者《つわもの》の風格を漂わせたこの魔物もおそらく、リイドで牧羊犬のような作業をしていた『シルバーゲイルウルフ』

と同様にまだプレイヤー間では未発見の魔物だろう。うちの畑が外からは見えない立地で良かった。

「今日はよく頑張ってくれただなぁ、明日も頼むべ」

入ってきたバイソンたちにリイドで収穫したらしい野菜を与えつつコンダイさんが労《ねぎら》いの言葉をかける。バイソンたちは嬉《うれ》しそうに野菜をかじりながらその言葉にしっかりと頷《うなず》いている……うん、どう見てもコンダイさんの言っていることが正しい。

「へ？　え？　あの、マームちゃん？　モームちゃん？　あう！」

「あ……」

あぁ……よろよろとバイソンたちに近づいていったニジンさんが、またかじられている。バイソン自体も大きいからほとんど首から上は丸呑《まるの》み状態だ。いや、勿論《もちろん》本当にかじられているわけじゃなくて……たぶん飴玉《あめだま》を舐《な》めるようにしゃぶられているんだと思うけど。確かあれ、リイドで飼っていた牛にも似たようなことをやられてたっけ。ま、お風呂《ふろ》はおかみさんがお湯を張ってくれているだろうし、ここから中に入ればすぐ脇《わき》が脱衣所だからニジンさんには風呂へ直行してもらおう。

「ということだで、マームたちはしばらくここで預かるべ。ニジンは邪魔になるだでリイドに戻ってでくで」

「ふへ？　…………はい……ふぇぇぇん、コチさ～ん」

「はいはい、よしよし。涎《よだれ》が凄《すご》いのでこのままお風呂にいきましょうね～」

バイソンの口から解放されたニジンさんがしょんぼりとにじり寄ってきたので、涎を避けつつうまくあしらって脱衣所へと送り込む。脱衣所の扉が閉まって鍵《かぎ》がかかったのを確認してから厩舎に戻るとバイソンたちをケアしているコンダイさんへと話しかける。

「コンダイさん、お疲れ様です。今日は手伝えなくてすみませんでした」

「いいだよ。コチどんは夢幻人だで好きなようにやっだらええ。そんなコチどんを助けるのがハンデを背負わせでしまっだオラたちの役目だで」

「コンダイさん。何度も言いますけど、私はハンデだなんて思っていませんよ。あの街で仲良くなった皆さんとこうして今も一緒にいられるなら、この程度のデメリットなんて無いも同然なんですから」

　コンダイさんは私がそう答えることを知っていたのだろう。楽しそうに笑い声を上げるとケアの済んだバイソンたちを寝藁《ねわら》のある場所へと送り出した。

「今日だけでコチどんの畑は全部終わっただ。明日以降はその他の畑を片っ端からやるだで覚悟しとくだよ」

「はい。って、え？　もう二面終わったんですか？」

　さ、さすがはコンダイさん。いくらバイソンの力を借りたとはいえ、草木がぼうぼうな百平方メートルの広さの土地二面を一日で開墾してしまうとは。

「明日は種まきもできるだよ、なにを育てるだか」

「とりあえず一面は癒草を栽培しようかと思っています。もう一面は森で見つけた数が少ない薬草を増やせないか試してみるつもりです。食材も育てたいですけど、その辺は畑の拡張なり買い増しなりをしてからですね」

「んだな、薬は大事だ。ゼン婆もやる気になっているだで早く素材を届けねぇとな」

「そうですね。でも実験台にされるのは嫌ですけど」

「そりゃオラもだ」

私が肩を竦《すく》めるとコンダイさんも大きな体を縮めて震える仕草をする。リアル黄色い熊さん風のコンダイさんは、大きい体に似合わず意外とお茶目で愛嬌《あいきょう》がある。私たちはふたりで顔を見合わせると同時に吹き出して肩を震わせ、家の中へと戻った。

部屋に戻ると、どうやら早風呂らしいニジンさんがさっぱりした顔で脱衣所から出てきたので、男連中の入浴は後回しにし、アルも連れて一緒に二階のリビングに上がる。二階ではおかみさんが、アルが持ってきた食材で食事の支度をしてくれているはずなので、いまから期待でわくわくが止まらない。


「はぁい、コチ。なかなかいいおうちですわね」

リビングの扉を開けた私にソファーで寛ぎながら手を振っていたのは、今日は三角帽子を被らずに遊ばせている綺麗《きれい》な長い金髪を揺らした金瞳の美女で、私の魔法の師匠エステルさんだった。

「エステルさん、来てたんですね。お久しぶりです、というほどでもないですね。皆さんとの再会が早すぎてあんまり新鮮味がないです」

「ふふふ、そうね。まさかあなたが街を出て二日でホームを手に入れるだなんて誰《だれ》も思わなかったものね」

「ですよね、自分でもお」《夢幻人の皆さまへイベントを告知します》

《現実時間で七日後より大型イベントを開催します。今回は別フィールドを用いたパーティ単位で

のイベントになります》

第五章　散策

「突然黙り込んで、どうかしたの？　コチ」

　会話の最中に麻痺《まひ》したように動きを止めた私を不審に思ったエステルさんが、ちょっと心配そうに声をかけてくれる。ワールドアナウンスは大地人《だいちびと》には聞こえないみたいなので、会話中とかに突然アナウンスが入ると一瞬固まってしまうのでちょっと困る。

　まあ、ワールドアナウンスは履歴が残るから通知をオフにしておけば、メンテナンス系や警告系の強制的なお知らせ以外はリアルタイムで聞こえなくすることができる。でも私は大地人や夢幻人《むげんびと》を色で識別するマーカー設定をオフにしていたりするので、こういうところにはゲームらしさを残そうとあえてそのままにしている。

　いつもならそんなに長いアナウンスは来ないのでそれでも問題ないんだけど、今回は大型イベントの告知だったため、いろいろ説明があってちょっと長めのアナウンスだった。アナウンス自体はイベントの概要のみで、詳細は同時にメールで届いているのであとでじっくり確認しておく必要がある。

「いえ、急に天の声が聞こえたものですから」

「ああ、夢幻人だけが聞くことができる『異界の神からの神託』ね」

「はい」

ワールドアナウンスは大地人にも事象としては認知されていて、『天の声』とか『異界の神からの神託』などと呼ばれている。普通に神託と言わないのは、この世界を司《つかさど》るヘルさんたち七柱の神々がワールドアナウンスに関わっていないから、ということらしい。

ようは、『異界の神＝運営』ということになる。

「またどうでもいいようなことだったかしら？」

「いえ……今回はちょっと大きなことになりそうです。パーティ単位で協力をお願いすることになるかも知れません」

「へぇ、面白いわね。詳細を知りたいところだけど夢幻人の神託ってなると、シェイドでも裏は取れないからコチの情報が頼りね。ということで、ウイコウにもあとで詳しく報告しておいた方がいいわよ」

「そうですね、わかりました。まだポータルも使ったことありませんし、食事が終わったら一度リイドに戻ります」

「そうね、そうしてちょうだい」

このゲームを始めてから初めてのイベント。かなり楽しみなので、このままリイドに行ってウイコウさんに報告するのもありだけど……せっかくのおかみさんの新料理を食べずに行くわけにはいかない！

「くぅ！　大きなことか！　腕がなるぜ！」

「いやいやいや、なに普通に参加するつもりでいるの。パーティだと五人しか連れていけないんだから、アルを連れていくくらいならレイさんを連れていくでしょ。レイさんなら回復だってできるし」

「な！　ちょ、待てよ！　そりゃないだろうがコチ！　俺とお前の仲だろ？　リイドで一番付き合いが長いのは俺じゃねぇか、な！」

そりゃあ、あなたは門番でしたから誰よりも早く出会うのは当たり前ですけど。

「ああ、うるさいうるさい！　どっちにしろ人選はウイコウさんと相談して決めるから説得するならウイコウさんを説得してください」

「お？　言ったなコチ。男に二言はなしだぜ、ウイコウが許可したら俺も行くからな」

「はいはい、ウイコウさんがいいって言ったらね」

「面白そうだからわたくしも行ってみたいですけど……話を聞いてからですわね」

エステルさんも興味はあるみたいだけど、アルに言ったとおり一緒に行くメンバーは本当にウイコウさんと話して決める予定。ウイコウさんならイベントの詳細から適切な人選をアドバイスしてくれるはずだからね。

「ほら、そんなところで話し込んでないでこっちに来な！　あたいの作った料理を食べてみておくれ」

「はい」

「おう！」

「腹が減ったべ」

「私もぺこぺこです」

「あらあら、こんなに腹ペコがいたんじゃ今は真面目《まじめ》な話は無理ですわね」

◇　◇　◇

あの後、全員でテーブルについた私たちはおかみさんが作った絶品料理の数々を取り合うように食べ、お酒を飲みながら楽しくばか騒ぎをした。

……ところまでは覚えている。

「えっと……どういう状況でしょう、これ」

目が覚めて、小鳥の囀《さえず》りをＢＧＭに天井を見上げたところまでは同じだった。

ただ、違ったのは私の隣に金髪超絶美女が私の腕枕ですやすやと寝息を立てていたこと。これが、俗にいう『朝ちゅん』というやつか。

っていうか、現実逃避していても仕方がない。どう見たって隣にいるのはエステルさんだ……うわ、まつげが長い……そんなところも無駄に色っぽい。しかも、いつもは鋭い印象を受ける切れ長な目も、眠っているときは逆にあどけなさを感じさせるというのがギャップ萌《も》え。まぁ、エステルさんはそんなことはささいな違いだと思えるほどには相変わらずの絶対的美人さんなんだけどね。

さて、こういう状況に至った経緯はまったくわからないが、幸か不幸か私もエステルさんも衣服は着ている。少なくとも勢いに任せてコトに及んだわけではないはず。となると、酔っぱらって寝てしまった私を誰が部屋に運んだのかが問題。

それが、エステルさんならまだいい。運んでくれた後に私をからかうつもりでふざけて布団に潜り込んで、うっかり寝てしまったなんてことも考えられる。この場合はエステルさん自身の過失なので事後処理は比較的容易。でも、エステルさんに限ってそんなことはないだろうな。

問題なのは、これがアル辺り……というかアルの悪ふざけで私と一緒に寝落ちしたエステルさんをわざと一緒の布団に放り込んだ場合。私の記憶では私が眠る直前には既にエステルさんは寝ていたはずなので可能性としては一番高い。

この場合問題なのは、仮にアルの仕業だったとしても、誤解が解けるまでは私自身もエステルさんの怒りに巻き込まれるのが濃厚だということだ。


「……これはどういうことかしら、コチ」

「え？」

現実逃避の思考に陥っていた私の横から剣呑《けんのん》な声がする。

びくびくしつつゆっくりと天井を見ていた視線を落とすと、腕の中のエステルさんのおめめがぱっちりと開いて私を見上げていた。その顔は怒りのためか、羞恥《しゅうち》のためか耳まで赤く染まり、小刻みに震えている。

く、結局のところ冷静に状況を考えていると思っていた私自身もパニック状態で正気ではなかったのだろう。どう考えても最善は、エステルさんを起こさないようにこっそりとベッドを抜け出して部屋の外に出ることだった。

「えっと、私にもよくわからないです」

少なくとも目覚めと同時に折檻《せっかん》が始まらない程度にはエステルさんも状況の不自然さを感じてくれているようなので、下手に誤魔化《へたごまか》すのは悪手。正直を心がける。

「そう……じゃあ、さっきから私の頭を撫《な》でているこの手はなにかしら？」

あう！　エステルさんの絹糸のような髪が気持ち良すぎて無意識に頭をずっと撫でていたらしい。

だが、もう正直にいくと決めた以上言い訳はしない！

「あ……その、エステルさんの髪の手触りが気持ちよくてつい……無意識です」

「えっ……そ、そう？　そんなに気持ちいい、の？」

「は、はい。結構やみつきです。そ、それになんか無防備なエステルさんが新鮮でつい、愛《いと》おしくなってしまったというかなんというか」

「ちょ、な、なにを言い出すのよ突然！」

「あ、すみません！　つい本音が」

やばい、本音が漏れすぎた。さらに顔を赤くしたエステルさんが爆発するかと思ってちょっと身構えるが、予想に反してエステルさんは照れくさそうに私の胸にうずめるようにして顔を隠す。か、かわいい。

「な！　あぅ……ま、ま、まあいいわ。それよりも一応確認するけど………な、なにもなかったわよね」

「多分、としか……私もリビングで寝てしまったあとから、ついさっき目覚めるまでの記憶がないので」

「そう……つまりこの状況を仕組んだ犯人は別にいるということね」

「はい」

そう呟《つぶや》きながら顔を上げたエステルさんからは、すでにデレ成分が抜けている。だが、私もこのやり口自体には少々怒りを感じている。状況としては嬉《うれ》しくない訳ではなくむしろ嬉しいけどこんなやり方は危険すぎる。

ひとつの布団の中、男の腕枕で同衾《どうきん》する美女、そんな状況のふたりが放つにはいささか物騒な空気が部屋に満ちる。脳内ではそんなこと話す前にこの体勢を解除しなくていいのかという思いがないではないが、役得と言えば役得なのでエステルさんが突っ込みを入れるまでは黙っておく所存。

それに、楽しそうに鼻唄《はなうた》を歌いながら廊下を歩いて近づいてくる誰かを私の【索敵眼】が捉《とら》えている。かなり名残惜しいが、エステルさんにその旨をハンドサインで伝える。伝えないと後が怖いので。

私のサインに物騒な笑顔で頷《うなず》いたエステルさんは、ゆっくりと上体を起こすと周囲に数えきれないくらいの魔法を多重発動させていく。本来なら私も協力したいところだけど、私の魔法ではエステルさんの魔法の邪魔をしかねないので、とばっちりを受けないように、そっと部屋の隅に移動して大人しく見守る。

廊下を近づいていくる気配は、部屋の扉の前で立ち止まる。そして、中の音に聞き耳を立てているのか、しばしの静寂のあとゆっくりとドアノブが動く。

「あ〜！　コチってばケダモノ〜！　昨晩はお楽しみで……し、た……へ？」


『うっぎゃぁぁぁぁぁぁぁぁぁぁぁ‼』

自業自得。そもそも本当にお楽しみだったら、ノックもせずに扉を開けるとか、そのあとどうするつもりだったのかと厳しく問い詰めたい。

◇　◇　◇

『イベント【古《いにしえ》の森に巣食う魔物を倒せ】
結界に閉ざされた古の森、その森に封じられし魔物の封印が解けた。夢幻人よ、守人の召喚に応じ封じられし魔物たちを討滅せよ。
魔物は森の中央部から湧《わ》いている。外縁部に召喚される夢幻人は中央に行くほど強くなる魔物たちを倒すなどしてポイントを集めよ。

・イベント期間：○月○日22：00〜24：00までの2時間（現実時間）。
イベントは一種のダンジョンである専用フィールドにて行われ、時間加速により7日間。イベント終了後、ゲーム内時間は6時間経過。
・パーティ単位の参加。
メニューよりパーティリーダーが参加登録。イベント開始時にパーティメンバーごとイベントフィールドに召喚される。

フルパーティに満たなくても（ソロも可）参加は可能。ただしパーティごとにイベントのスタート地点はランダムで振り分けられるため、スタート地点が違っていた場合は他のパーティとイベント開始後の合流はできない。

・ある一定プレイヤー数ごとに、同条件の別地点（別サーバー）に召喚される。
・貢献度によりポイントが加算され、そのポイント数によってランキングが決定する。
・獲得ポイントは一日の終わりに集計結果をメニュー内のイベントページに表示する。
・ランキングは複数用意（例：討伐ランキングなど）。
・古の森の中には魔物が襲ってこないセーフエリアがあり野営なども行える。ただし、中央に行くほど数も範囲も狭くなる。
・イベント中に死亡した場合は最後に入ったセーフエリアで復活。この際、通常のデスペナルティは発生しないが、集めたポイントは減少する。
・イベント中に手に入れたアイテムは原則としてイベント外に持ちだせない。ただし、集めたアイテムはイベント終了時に全《すべ》てポイントへと変換される。
・アイテムの持ち込みは自由、ただしイベント中に使用したアイテムはそのまま消費され補塡《ほてん》はされない。
・イベント中は種族、職業のレベルアップに必要な経験値は取得できない（スキル熟練度は上がる）。
・報酬はイベント終了後、報酬一覧から集めたポイントで交換できる（交換できる報酬の例：イベント限定アイテム、鉱石など各種素材、経験値など）』

「なるほど……『異界の神からの神託』というのは凄《すご》いものだね。予言や予知などという概念すら軽く超越するほどの権能を備えているのは間違いない。この世界の神々が世界の管理者だとしたら、異界の神々はまるでこの世界そのものを創り出した創造神だね」

アルの悲鳴から始まった朝の騒動が一段落して、おかみさんの朝食を頂いてから全員でリイドへとポータルで転移。日をまたいでしまったが、神殿に集められた皆の前でイベント告知の内容をウイコウさんに報告する。

別に隠すこともないかと、運営から貰《もら》ったメールをコピペしてウイコウさんにチャットで送ったんだけど、さっきのがそれを見たウイコウさんの第一声。

そして、さすがはウイコウさんである。イベント告知のメールを見ただけでほぼ正解を導き出している。しかもどうやらメールの内容自体は私が見ている文字そのままを見ている訳ではないようで、大地人の人たちが見た場合は、内容の一部が強制的にそれっぽい言葉に変換されて見えるらしい。例えば「イベント」は「災厄」、「ポイント」は「加護」に変換されているようだ。

「私は召喚に応じようと思っているんですが皆さんはどうしますか？　召喚される対象は夢幻人のみらしいですけど、私とパーティを組んでいれば一緒に古の森に召喚されると思います」

「そうだね……コチ君が行くのなら勿論《もちろん》私たちも協力する。そこは検討するところではないよ。問題は残りのメンバーをどうするか、だね」

検討するまでもなく、当たり前のように協力すると言ってくれることにこそばゆいものを感じてしまうが正直嬉しい。

「ウイコウ！　俺は絶対に行くからな。メンバーに入れておいてくれ！」

「……コチ君は何か意見はあるかい？」

ウイコウさんは自信満々に主張するアルの顔を軽く片手で払いのけると、私に意見を求めてくる。

さて、どうしよう。ぶっちゃけリイドの住民は全員が勇者級の達人。誰《だれ》が同行してくれてもそれなりにやれる気はする。それでもあえて意見を述べるなら、今回のイベントの内容から考えるとまずは……

「そうですね……今回召喚される場所は森の中ということですので、戦闘は小回りが利く方がいいかも知れません」

「うん、いいね。基本はそれでいいと思う。そのうえでキミなら誰を指名するかい？」

おそらくウイコウさんの中ではもう、大体のメンバーは決まっているんだろうな。そのうえで私の作戦能力を鍛えようとしているっぽい。間違っていたら修正してくれると思うけど、しっかりと考えよう。

「……森の中ということは、長柄武器が主体のガラさん、重量武器が主体の親方、体も武器も大きいコンダイさんは今回見送った方がいいかも知れません。似たような理由で広範囲攻撃が得意なエステルさんもあまり向かないかも知れません」

「そうね、わたくしの魔法では威力がありすぎて森がなくなってしまうかも知れませんわ。残念ですけど、今回わたくしの出番はなさそうですわね」

「すみません、本当はエステルさんが一緒の方が心強かったんですけど」

「い、いいのよ。別に……助けを求められて行くんだからなるべくベストのメンバーを揃《そろ》えるのが当然よ。そ、それに森の中とかわたくしの肌に合いませんし……わたくしがいなくてもしっかり頑張ってらっしゃい」

「はい、おみやげになるようなもの、探してきます」

ちょっと頬《ほお》を染めてぷいっと顔をそむけるエステルさんに、ほんわかしているとウイコウさんから続きを促される。

「となると……探知、探索、小回り全てにおいてスペックが高いミラは確定ですね」

レンジャー系のスキル構成で猫系獣人のミラにとって、今回のフィールドはまさしくホームのはず。

「うにゃ？　ふふん、コォチがそこまで言うなら一緒に行ってあげるか」

一番に名前が出たのが嬉しかったのか、控えめな胸を張って耳を立てているミラ。ちょっと偉そうだが、今回に関してはその通りなので突っ込まないでおく。話が進まなくなるしね。

「いいね、次は」

「精霊魔法と弓が得意なファムリナさんなら、森の中でも後衛を務められると思います」

「あら、わたしですかぁ。コチさぁん」

「はい、一緒に来てもらえますか？」

「ふふふ、もちろんですよぉ。街を出るのは本当に久しぶりなので楽しみです」

ファムリナさんは【木工】、【細工】、【彫金】の師匠でもあるけど、【精霊魔法】と弓も達人級。勿論才能と努力があってこその実力だろうけど、エルフという種族の特性もその強さに一役買っているのかも。

「よろしくお願いします」

「そうだね私でもそのふたりは外せない。他はどうだい？」

う、実はここからは結構難しい。森の中ということでミラとファムリナさんは即決だったけど、あとは……。

いやいや！　使えないとかそういう意味じゃなくて、ぶっちゃければさっき外したメンバーだって並みの達人じゃないから、多少相性が悪くても普通以上に活躍できるメンバーだ。だから私が悩んでいるのは人材が優秀すぎて選べないってことなんだよね。

「あとは希望者を募ってもいいかと思いますけど……あ、回復役がいた方がいいですよね。そうするとレイさんか、メリアさん？」

「私かい？　前衛としてなら役に立てると思うけど回復役としてならコチさんがいれば、私ができる程度の回復は十分だと思うよ」

　確かにレイさんに前衛をやりながらの回復役をやらせるのはちょっと違うか。戦闘終了後に回復するならポーション類を持ち込めばいい。

「私ですか……コチ殿と一緒に行きたいのはやまやまですが、現状六時間も神殿を空けるのはちょっと」

　断られてしまったか。まだ教えてくれないけど、メリアさんは長く神殿を空けたくないみたいなんだよね。グロルマンティコア戦みたいに比較的近くで、リイドと連絡がつく状況だったらまだいいみたいだけど、今回のフィールドは一種のダンジョンでゲーム内時間より加速された場所なので、イベントに参加していない人たちとは連絡が取れなくなるはず。その状態で六時間はちょっと厳しいらしい。

「となると……回復は私が魔法と薬の投擲《とうてき》で担う形ですね。だとすると瞬間回復量にちょっと不安が残るので、しっかりとした壁役がいてくれた方がいいです。ドンガ親方、やっぱりお願いできますか」

「ふん！　遠慮なんかすんな坊主。任せとけ」

親方が厚い胸板をどんと叩《たた》いて白い歯を見せる。親方もずっと鍛冶《かじ》ばかりしていたから、戦いに飢えているのかも。親方は大きな戦槌《せんつい》を使う達人、重量武器とは思えないほどに軽々と戦槌を操り敵を粉砕していくスタイル。私が見たのは兎《うさぎ》戦だったけど、親方の戦槌に押しつぶされた兎はせんべいのようになっていたっけ。

これで前衛、遊撃、後衛が決まって、私の役どころは回復寄りの支援職。とすると、あとはもうひとりアタッカーを増やすか、もしくはニジンさんの召喚獣で手数を増やすというのもあるな。ただ、召喚獣は呼べるっぽいので四彩は連れていける……この時点で既に過剰戦力だな。

「コチ君、私が話を振ってキミに考えさせておいて申し訳ないんだが、私の方であとのふたりを選ばせてもらっていいかい」

「あ、勿論です。パーティとしての戦力はすでに十分ですから、多少森と相性が悪くても全然問題ないです」

「すまないね、ちょっと思うところがあってね」

ウイコウさんが思案顔をしながら白い顎鬚《あごひげ》をしごく。なんというか、そんな仕草がなんともさまになる。まさにダンディなおじさま、リアルにこんな人がいたら若い女性に激モテしそうだ。

でも、策士でもあるウイコウさんがあえて指名したいメンバーって誰だろうか。

「いえ、構いませんよ。それで誰を指名するんですか」

「ああ、ひとり目は……私だ」

「え！　ウイコウさんが一緒に来てくれるんですか」

ちょっと驚きだ。でもウイコウさんは内政と軍略の達人で拠点強化と作戦立案がメインと思われがちだけど、戦いの方も魔法と剣技をオールマイティに使いこなす熟練の魔法剣士だったりするので、前衛の火力が増すのは勿論のことだけど、イベント中は外と連絡が取れなくなるという状況下で、リアルタイムにウイコウさんの助言が聞けるのはありがたい。

「お邪魔でなければ今回は参加させて欲しい」

「邪魔だなんてそんな。ウイコウさんが来ていただけるなら心強いです。でも、なんか理由があるんですか？」

ウイコウさんは髭をしごきながら頷《うなず》く。

「実は、異界神の神託から引き起こされる災厄については、古い文献にいくつか記されているんだ」

このゲームが始まってから、大きめのイベントは確か討伐系の魔物襲撃イベントが一回だけだったはず。夢幻人の設定もそうだったけど、ゲーム関連のシステムやイベントはこの世界に昔からあったという歴史背景になっているらしい。

「それによると、異界神の神託によって起こる災厄は異界神の遊戯だと言われていてね。災厄に関連した人たちにとっていろいろ不思議なことが起こったりするらしい。となるとどういったものなのか一度自分で体感しておきたいと思ってね」

「なるほど……」

確かに運営が設定した遊戯ではあるので間違いじゃない。不思議なことというのも、不自然なくらいに湧《わ》く魔物とか、経験値が入らないとか、入手したアイテムが最後には消えるとか、あとで報酬アイテムが貰えるとか、そういうことだろう。あ、特設フィールドに転送されるとかもそれに含まれるか。

「わかりました、是非同行をお願いします。それで最後のひとりは誰ですか」

「助かるよ、私としても未知の体験だが、それなりに役に立てると思う。それで最後のひとりなんだが」

ウイコウさんが巡らす視線の先でアルが俺！　俺！　と自分の顔を指さしているが、ウイコウさんの視線は止まらずある人の前で止まった。

「ゼンさん、御足労願えないだろうか？」

え！　ゼンさんって……ゼンお婆《ばあ》さん？　確かにゼンお婆さんも勇者級の力を持っているけど、それは調合や毒術、錬金術などの分野。戦いにはあまり向いていない、というか戦えないんじゃ……

「ヒッヒ、こんな老いぼれをご所望かい、ウイ坊や」

「ご謙遜《けんそん》を。まだまだ現役でしょうに」

おおぅ、いつも目をつむっているように見えるゼンお婆さんの目が片目だけ僅《わず》かに開いて、きらんと光ったような気がする。

「ちょぉっと待ったぁ！　おいおいウイコウさんよぉ！　ここは俺の出番じゃないのか？　俺ならいろんな武器を使いこなせるからどんな場所でも戦えるし、盾だって使えるから壁役もできる！」

話がまとまりそうになったところで、今回のメンバーに選ばれなかったアルが飛び出してくる。

「アルレイド、キミの主張は間違いではない。だが今回に限っては必須《ひっす》でもない、他のメンバーで十分代用が利くからね。それならばここでさらにパーティの近接攻撃力を上げるよりも、古《いにしえ》の森という未知の環境下の植生をなるべく早い段階で知ることの方が、今回の災厄においては我々の益になると考えたんだよ。森という環境を甘く見ているようなメンバーはここにはいないと思っているんだが？」

「うぐ！」

さすがはウイコウさん、一分の隙もない。

「で、でもようほら、コチが俺と……な？　そうだよな！」

そんな縋《すが》るような目で見られても、今回に関してはアルの言い分はただのわがままにすぎない。私が強く同行を主張すればウイコウさんなら聞き入れてくれるような気もするが、アルとだけなぁなぁという訳にはいかないだろう。

「私はウイコウさんがいいと言ったら、と言いましたよ。男に二言は？」

「うっ…………ない」

昨日《きのう》ホームで話した内容を思い出したのか、アルはがっくりと肩を落とす。かわいそうだが、私にとっては死んでも戻れるゲームだけど、大地人の人たちにしてみれば死んでしまえばそこまで。蘇生《そせい》の魔法や道具がないわけではないけど、現状私たちの手札にはない。となれば命がかかっている以上、慎重に計画を立てざるを得ないのは仕方がない。

「ヒッヒッヒ、連れていってやったらどうだいウイ坊。わしのような老人を無理に連れ出すもんじゃないよ」

「ゼンさん。そういう問題では……」

「ヒッヒ、わかっているよ。だがね、コチにはみっちりとわしの知識を叩きこんである。未知の植物があってもうまくやるだろうよ。それに現場で知らないものをどう扱うかという勉強にもなるだろうさ」

「ゼネルフィン！　くぅ～しわくちゃなくせにいい女だぜ！　いてっ！」

「こりゃ、しわくちゃは余計じゃ！」

アルの失礼発言に持っていた杖《つえ》で報復攻撃を加えたゼンお婆さんは、ちらりと私の方へと視線を向けた。うん、わかります「できるじゃろう？」という無言のプレッシャーですね。女性から頼れて（？）応《こた》えられないのも不甲斐《ふがい》ないですし、自信はあまりないですけどやってみますか。

「コチ君、どうだい？」

「ウイコウさんがいいなら、それで構いません」

私の言葉に小さな吐息を漏らしつつ頷いたウイコウさんは、頭を押さえてうずくまっているアルに声をかける。

「アルレイド、今回はゼンさんの意向を汲《く》んで同行を認めてもいいが、ひとつ条件がある」

「マジか！　やったぜ！　連れていってもらえるんなら条件のひとつやふたつなんでも言ってくれ」

「今回の災厄は現地の情報がないため、正直何が起こるかわからない。そんな状況でお前に勝手に動かれるのは困る。期間中は勝手に行動することは禁止、必ず私かコチ君の指示に従うこと。それが約束できるなら同行を認める」

「おう！　わかったぜ！　任せておけ」

ろくに考える素振りも見せずに承諾するアルに、正直不安しか感じないが……まあ仕方がない。

とにかくこれで、イベントに参加するメンバーは決定だ。

ただ、メンバーは早々に決定したが、イベント自体はリアルで七日後。ゲーム内だと約三週間。なにをしようかいろいろ検討してみるが、いろいろ動き回ってもどれも中途半端なことになりそうなので、その期間はあまり行動範囲を広げずに、もっぱらイベントに関する準備に充てたほうがいいかな。

でも、それもひとまず明日から。

危うく忘れそうだったけど、もともとお店を開いて料理を売ったのはイチノセの街を歩いて散策するのに手持ちのお金がないと寂しいから、というのが理由。リナリスさんたちのおかげで、思いがけずまとまったお金が手に入ったんだから初志貫徹したい。

リイドでイベントに向けてのメンバーを決めたあと、イチノセのホーム（仮）『兎の天敵』に戻った私は散策に出る気満々だったのだが、一緒にイチノセに戻ってきたコンダイさんが開墾を続けると聞いて足が止まってしまう。

「なぁんも、コチどんはやりたいことをやってくるといいだよ」

それを見て事情を察したらしいコンダイさんが、ほんわか笑いながら私の背中を叩いてくれた。ここはお言葉に甘えることにしたい。

「あ、ありがとうございます。それではよろしくお願いします。戻ってきたらお手伝いしますから」

「気にしねぇでも、こっちはオラひとりでも十分だぁ。おう！　んだったな、おめたちも手伝ってくれるんだったたな。今日もよろしくしく頼むだよ」

マームとモームを優しく撫《な》でながら笑顔で厩舎《きゅうしゃ》から外へと連れ出し作業に向かうコンダイさん。私が受けたクエストなのにまだ何もしていないのはなんとも心苦しいが、今日のところはお願いしてしまおう。

「あぁ！　また私のマームちゃんとモームちゃんを虐待するつもりなんですねぇ！」

「うるさいだよ、ニジン。リイドへ戻るだ」

「い〜や〜で〜す〜！」

自分の召喚獣なのに、コンダイさんの方が心が通じ合っているように見えるのが悔しいのか、一緒にイチノセに来ていたニジンさんがコンダイさんの足に抱き付くようにして叫んでいる。

やれやれ、せっかくコンダイさんが開墾作業を手伝ってくれているのにあれじゃあ邪魔にしかならない。召喚獣や家畜たちへの愛が重すぎるのも考えものだと思う。しょうがない、コンダイさんと召喚獣たちが作業に集中できるように、一肌脱ぎますか。

「ニジンさん、もしよかったら私と街を散策に行きませんか？」

「ふぇ？　わ、わわわわ私と、ココココ、コチさんが、ふ、ふたりで街を……ですか？」

「はい。街のマップが埋まるようにいろんなところを歩くつもりですし、お店もいろいろ行きたいと思っているので途中で飽きてしまったら先に戻ってもらってもいいですから」

本当はひとりでのんびりと行きたいところだけど、コンダイさんの邪魔をされるくらいなら連れ出してしまった方がいい。私の代わりに作業をしてくれているコンダイさんにそれくらいは協力したい。

ちらりとコンダイさんを見ると、とてもいい笑顔で親指を立てている。私もほんの少し胸を張ると、しっかりとサムズアップして返す。

「……わ、私とコ、コチさんがふたりで街を……そ、それって、う、噂《うわさ》に聞いたで、で、でぇとというものなのでは……」

なにやらニジンさんが虚《うつ》ろな目でぶつぶつと呟《つぶや》いているが、興味がないわけではなさそうなのでもうひと押しかな。

「さ、行きましょう先生。なんか気に入ったものがあれば買ってあげますから」

「ひゃい！　先生、行きます！」

いつも通り挙動不審なニジンさんの手を引いて店から北通りに出ると、イチノセのマップを表示する。

イチノセに関しては活動範囲が大通り沿いのお店だけだったため、マップに登録されているのは大通り周辺のみ。ただ『兎の天敵』がある北東区と通りの反対側北西区のほとんどはプレイヤー用農地として雑木林の状態なので、今回の散策対象から外す。今回の目的は大通りのお店の網羅と南東区と南西区である。

「北通りにはまだお店がほとんどありませんから、西通りのお店を見て、東通りに抜けて、南東区の散策をしてから南西区を回りましょう」

「は、はいです！」

◇　◇　◇

「あ、ニジンさん。東通りに服屋さんがありますよ、ちょっと覗《のぞ》いてみませんか」

「あ、いいですね。私もそろそろ替えのツナギが欲しかったんです」

「いやいや、こうしてリイド以外の街も歩けるようになったんですし、ツナギじゃない余所《よそ》行きの服もあっていいと思いますよ」

「え～、でも似合いませんよ、私には」

最初はぎこちなかったニジンさんも、西通りのお店を見て回り、屋台の料理を買い食いしたりしながら東通りに入った頃《ころ》には肩の力が抜けていた。

西通りの奥で見つけた服屋さんにふたりで何気なく入ってみると、店内は清潔な雰囲気で全体的に品の良さそうな服がディスプレイされていた。

「うわぁ、なんだかひらひらしてますねぇ」

うん、完全に他人事《ひとごと》です。ニジンさんは磨けば光るタイプだと思っているので、こういう服が似合わないことはないと思うんだけど。

「いらっしゃいませお客様。お探しのものがあれば是非お声がけください」

「ひゃ！」

私たちが入口でぼんやりしていたのを見かねたのか、パリッとした制服を着こなした女性が声をかけてくる。ニジンさんはそれに驚いて私の後ろに隠れてしまうが、そこでちょっとしたいたずらを思いつく。

「はい、えっと……じゃあ、この女性に似合う可愛《かわい》らしい服を何着か見繕ってあげてください」

「え？　ちょ、ちょっとコチさん？」

「かしこまりました。それではこちらへどうぞ」

あう、あう、言いながら断り切れず店員さんに店の奥へと連れていかれるニジンさんに笑顔で手を振る。さて、その間私は店の中をぶらぶらして待つことにする。リアルでもたまに姉さんの荷物持ちで買い物に付き合わされることがあるけど、こういうとき男はイライラせずにゆったりと待つのが大事だって言ってたしね。まあ、肝心の姉さんの買い物は即断即決で凄《すご》い短いからそんなに待たされたことはないけど。

ふらふらと店内を歩きつつ置かれている商品を見ていくと、服とか意外とおしゃれな物が多い。もちろん現実世界のお店と比べられないけど、同程度の着こなしができるような種類の服がゲームの世界観を壊さない絶妙なレベルで揃えられている。

ただ、装備としての効果はないので本当に街の中でだけの見た目装備らしい。

「値段はそこそこするし、こういう店で私服を買って楽しむようなプレイヤーが出てくるのはもう少し落ち着いてからになるのかな」

見た目装備にお金を使えるのはゲームの世界を楽しむことを目的にしたエンジョイ勢と呼ばれる人たちか、攻略に一段落がついて資産に余裕があるトップの一部くらいだと思う。

そんなことを考えていると店の隅にある物を見つける。

「あ、これって」

「お気に召しましたでしょうか、こちらは季節を選びますが意外と人気のお品ですよ」

見つけた物を思わず手に取って眺めているとニジンさんを連れ去った店員さんとは別の店員さんがいつの間にか近くにいた。

「あの、これってもしかして効果付きのやつも置いてたりしませんか？」

「よくご存知ですね。いくつかありまして、例えば……」

◇◇◇

「ふぇ～ん、コチさぁん。なんだか落ち着かないです～」

「そんなことないですよ。とっても似合ってます」

しばらくして店の奥から戻ってきたニジンさんは真っ白なワンピースを着ていた。密《ひそ》かに期待していたひらひらしたスカートに内心ではテンションが上がってしまう。ニジンさんは大分抵抗したらしいけど、お店の人が絶対に似合うからと辛抱強く説得してやっと着てもらえたらしい。店員さんグッジョブです！

いつものツナギとは違ってなんて爽《さわ》やかで清楚《せいそ》なイメージ。それでいてシンプルでとにかく似合っている。

「……あう～、でもでも」

「はあ、そんなこともあろうかと思って、もうひとつ私からプレゼントです」

私はインベントリから先ほど買っておいたものを取り出すとニジンさんの頭にぽすっと被《かぶ》せた。

「え？　……麦わら帽子？」

「はい、それを被っていれば顔は見られませんし、恥ずかしくないですよね」

「へ？　……はい、えへへ」

麦わら帽子を深く被って頷《うなず》くニジンさん。そっちの麦わら帽子はおまけで買っておいたものだけど、さっそく役に立ってよかった。白いワンピースに麦わら帽子とか、なんという夏の乙女感、満足です。

その後、何故《なぜ》か機嫌のよくなったニジンさんと東通りを制覇して南東区の中へと入る。南東区は別名職人街とも言われているようで、生産職の人用に様々なレンタル工房があってプレイヤーらしき人の姿もよく見かけた。でも、あくまで物を作る方面の職人がメインで、その中には畜産に関わる施設はなかった。それが、ニジンさんには納得がいかなかったみたいで可愛らしく頬《ほお》を膨らませていた。

そんなニジンさんを宥《なだ》めながら、南通りを渡って南西区に入ると今度は閑静な住宅街だった。もちろん、全部の区画に人が住める建物や土地があって、既に大地人が住んでいたり、夢幻人用に売り出されていたりしていた。これらを買えばホームとして使えるようになるんだろう。ただ南西区はその比率がやや高そうだ。

「あの……ちょっといいですか」
「え？　は、はい」

南西区をぶらぶらと歩きながら、ニジンさんもいるし細かいところのマップ埋めはまた今度にして、そろそろ帰ろうかと考えていると突然誰かから話しかけられる。

声をかけられた方を見ると、ふたりの女性が不安気にこちらを見ていた。私とニジンさんは怖い

人には見えないと思うんだけど。

「なんでしょうか？」

「僕たち、道に迷ってしまったみたいなんだけど。大通りまでの道を教えてもらえませんか」

そう言って顔を赤らめるのは短い赤髪の……身長が低くて斧《おの》を装備しているからドワーフの女性だろうか。このゲームでのドワーフは、男性はずんぐりむっくりのムキムキの髭《ひげ》もじゃになることがほとんどだけど、女性は小柄なくらいで見た目は人族とあまり違いはない。

「私たちこういうゲーム初めてで、迷っちゃったんです……」

もうひとりは短い兎耳のひょろっとした兎系獣人の女性。確かにふたりともまだ初心者装備のままで、動きにもややぎこちなさがあるので私と同じくＶＲＭＭＯ自体が初心者というのも間違いなさそうだった。

「もしかして、マップ機能の使い方を聞き忘れちゃったかな。チュートリアル終了後にメニュー画面にマップ表示をする機能が追加されているから、それを使えば自分たちがどの辺にいるのかわかると思いますよ」

「え！　本当に、そんな機能があったなんて……」

「アリナちゃん！　早速やってみよう」

「う、うん」

ふたりはウィンドウを出すとメニューを確認して、すぐにマップ機能を見つけたようだ。

「あ、あったよ！　ミミコ、ほらこれ」

「あ、本当だ……そっかぁ、これを見れば迷わなかったんだね。まあ、そもそもアリナが大通りを歩いたって面白い事が起こる訳ないとか言っていきなり小道に入っていくからこんなことになったんだけど」

「ぐ、わ、悪かったたってば」

ふたりはひとしきりマップを確認したあと、そのほかにもチュートリアル後に追加されたシステムを見つけてきゃいきゃいとしていた。

「コチさんと違って、初々しいですね」

「いやいや、私も十分初々しかったと思いますよ。何だったら今でも負けてないと思いますけど?」

「……」

ニジンさんがあからさまなジト目で私を見ているのはどうしてだろうか。

「あ！　すみません。せっかく教えて頂いたのにほったらかしに」

兎耳の女性が優しく見守る私たちに気が付いたらしく慌てて頭を下げる。兎耳が揺れるのがなんとも魅惑的で思わず手が伸びそうになってしまうのを我慢するのが辛《つら》い。

「いえ、私も覚えがありますから。といってもご覧の通り私もまだ初心者ですけど」

「確かに初心者装備っぽいですね。でも、なんだかとても落ち着いて見えるのでもっとベテランさんに見えます。あ、私はミミコって言います。教えてくれてありがとうございました」

多分、ゲーム内滞在時間的には夢幻人の中でダントツ一位なせいだと思います。

「僕の名前はアリナ。本当に助かりました、ありがとうございます」

「私はコチです、ただシステムのことを教えただけですので気にしないでください。お互いにこの世界を楽しみましょう」

「はい、それでは……」

「うわぁ！　こ…………ろに……近づ……あぶな……！」


「コチさん」

お互いに挨拶《あいさつ》をして別れようとしたときに、ニジンさんに促されて気が付いたのは微《かす》かに聞こえてくる子供の声だった。言葉の雰囲気から感じるのは危機感が半分、もう半分はどこか楽しんでいるような……なんとなく気になる。

「気になるからちょっと行ってみましょうか。では、アリナさん、ミミコさん。私たちはこれで」

「あ、待ってください。僕たちも一緒していいかな？」

「アリナちゃん？」

ニジンさんと一緒に走り出そうとした私たちをドワーフのアリナさんが呼びとめる。子供の声を確認しに行くだけなので別について来ても問題はない。

「え？　ええ、もちろん構いませんけど、ちょっと走りますね」

声が聞こえてきたのは南西区の街壁の方か。

「うわ、はっやぁ～い！」

ニジンさんと走り出した私たちの後ろから、どこかのんびりとしたミミコさんの声が聞こえる。

〔見習い〕のままで素のステータスが低い私でも、装備の効果や種族レベルの差があるのでこの街に来たばかりのふたりよりは動ける。

「ニジンさん、どっちですか？」

「えっと、こっちかな……それにしてもひらひらして走りにくいです」

「ぷ……了解です」

「コチさん！　いま笑いましたね！」

「先に行きます！」

慣れないスカートに愚痴を漏らすニジンさんに思わず笑みがこぼれてしまうが、それに気が付いたニジンさんに睨《にら》まれてしまったので、逃げるように速度を上げる。

大分距離も近づいているようで、ここまで来ると声の方向もわかりやすい。

「ここか！」

いくつかの角を曲がって辿《たど》り着《つ》いたのはやはり南西区の街壁。子供たちが街壁を遠巻きに半円形で取り囲み、わあわあと声を上げている。

だがその内容はうわぁ、とかきゃぁとかばかりで要領を得ないので、なんとなくリーダーっぽい雰囲気の男の子に話しかけてみる。

「皆で騒いで何かあったの？」

「にいちゃん誰《だれ》？」

急に話しかけてきた不審人物に怪訝《けげん》そうな顔をする男の子。私は軽く笑いかけると小さく頭を下げて自己紹介をする。

「私はコチといいます。なりたてですけど、一応夢幻人で冒険者をやっています」

「ふうん、にいちゃん冒険者なんだ。じゃあ、あれ駆除してよ。ここ俺たちの遊び場なんだけど今日来たら急に巣が出来てて困ってたんだ」

巣？　壁に向かって伸ばした男の子の指の先を見てみると大人の顔程もある蜂の巣が街壁の僅《わず》かな凹凸を利用してぶら下がっていた。動きが速いために見えにくいが、その巣の近くを飛んでいる蜂たちは十センチを超えそうなほど大きい。おそらく現実世界の蜂に似ているけどまったくの別物だろう。すでに追いついて来ていたニジンさんも熱心に蜂を見ている。

それにしても、確かに自分たちの遊び場にあんなものがあれば、子供たちが騒ぐのもわかる。でもあんなに大きな蜂に襲われたら子供たちが危ないのは間違いない。

「なあ、どうなんだ、やってくれるのかよ」

「だめだよリューくん。この人冒険者なんだからほーしゅーがないと」

「あ、そっか……んじゃあ、やってくれたら、この前拾ったこの綺麗《きれい》な石をやる」

普通に引き受けるつもりだったのに、隣にいた女の子のおませな一言でなんだか子供から宝物を取り上げる大人みたいになっている。

〈クエスト『子供たちの遊び場を守れ』が発生しました〉
『子供たちの遊び場を守れ
内容：子供たちの遊び場の安全を確保する。
報酬：綺麗な石』
〈受領しますか？　ＹＥＳ／ＮＯ〉

へぇ、こんなところでもクエストって発生するのか。もちろんＹＥＳっと。

「は、速いですねぇ……コチさん。種族的にＡＧＩ《敏捷》は高めなんですけど」

「く、僕のドワーフはＳＴＲ《力》は高いけど……ちょっと走っただけでこんな差がつくなんて。これからＳＰ《ステータスポイント》は少しＡＧＩに振った方がいいかも」

追いついてきたアリナさんとミミコさんが息を切らしている。ここはゲームの世界だから全力疾走しても疲れないはずなんだけど、リアルに感じるので現実世界の感覚に引っ張られてついそんな気分になってしまうこともある。

「で、子供たちはなんて言っているんですか？」

「ここが遊び場になっているので、あれを駆除して欲しいそうです」

「あれ？　……うわ！　でかい蜂だな」

「あれを駆除するって、武器じゃ難しいんじゃないですか？　もし手がたりなそうならお手伝いしますけど」

驚くアリナさんと、もっともな意見を述べるミミコさん。ミミコさんの言う通り大きいと言っても空中をかなりの速さで飛ぶ昆虫を剣で斬るのは難しい。安全に駆除するなら魔法での攻撃が必要だろう。

「いえ、私は一応魔法も使えるのでなんとかなると思います。蜂が暴れると危ないので子供たちを離れたところに誘導するのをお願いしていいですか」

「まだろくに戦闘もしたことない僕たちじゃ、手を出すのは危険だもんね」

「わっかりました、任せてください。離れて見学させてもらいます」

アリナさんとミミコさんが子供たちに声をかけて壁際から離れていく。その手際はなかなか見事で、堂に入ったものだった。これなら安心して戦闘に入れる。

「さて、じゃあやってみましょうか」

壁にある蜂の巣を見ながら【無詠唱】で『水弾《ウォーターバレット》』を【並列発動】して周囲に浮かべていく。

「ちょっと待ってください。コチさん」

「へ？　ニジンさん？」

麦わら帽子を押さえながら蜂を見ていたニジンさんが、今まさに魔法を発動しようとしていた私を制止するので、待機させていた魔法を一度キャンセルする。

「やっぱりあれ、小さいけど魔物ですね。せっかくですから仲間にしてみませんか？」

「え……魔物？　まあ、確かに蜂にしては大きいと思いましたけど。それに仲間にって、召喚契約をするってことですか」

「……」

ニジンさんは私の問いかけに、すぐ答えず首を傾《かし》げてなにかを考えている。

「う～ん、多分魔物としては弱すぎて召喚には耐えられないと思います。そういえばコチさんはまだ【調教《テイム》】を覚えていないですからこの機会に調教してみますか？」

「本当ですか！　是非お願いします」

【召喚魔法】の契約では、契約した魔物を別の場所から召喚したり、元の場所へ送還したりできる。ただし魔物じゃないと召喚と送還に体が耐えられないので普通の生物とは契約することができない。

対して【調教】スキルでテイムした魔物や生物は連れ歩くのが前提なので、魔物ではない動物なんかも対象になる。というのが原則。

ただ今のニジンさんの話を聞く限りでは魔物であっても弱い魔物の場合は召喚に耐えられないということらしい。

今回の駆除対象の蜂はその事例にあたる。そもそも外のフィールドでは生き残れないと判断したからこそ、人間に狩られる危険を冒してまで街の中に巣作りをするしかなかったのではないか、とのことでそのくらいの魔物では召喚契約は難しいらしい。

まあ私としては、偽装ステータスでは職業〔魔物使い《テイマー》〕なのに【調教】スキルがないという状態を解消できるいい機会なので、ニジンさんの申し出は願ってもない。

修業中は【調教】を通り越して【召喚魔法】を覚えてしまったのと、リイドには手頃にテイムできる対象がいなかったため、今までは覚える機会がなかっただけで覚えたいと思っていたのでラッキーだ。こんなところにも【偶然の賜物《たまもの》】の効果が及んでいるのかも知れない。

「じゃあ、やってみましょうか。コチさんなら簡単ですよ。私のところでしっかりと根性と愛情を学んでいるはずですからね」

ニジンさんが先生モードになって、えっへんと胸を張っている。

「えっと……テイムも通常言われている戦って勝利したあとに従属を強いる方法じゃないってことですね」

「根性と愛情です！」

「……つまり、決して攻撃せず敵意がないことを示して話し合えってことですか」

「根性と愛情です？」

「はあ……わかりました。やってみます」

拳《こぶし》を握ったまま力説するニジンさんに、これ以上の質問は無意味だと悟って溜息《ためいき》を漏らしつつ蜂の巣を見る。

ただ、話し合いとはいっても相手が四彩たちのように人語を解する存在ばかりとは限らない。そんなときは言葉に魔力を込めて話せば思いはなんとなく通じる……らしい。

この手法は一応システムで補助が入るようで、MP《魔力》を消費することを意識すれば簡単にできるらしいが、私の場合は【魔力操作】があるのでシステム補助に頼らずとも同じことができる。

「根性と愛情ですよ、コチさん！」

はいはい。

内心で適当に相槌《あいづち》を打ちつつ、ゆっくりと蜂の巣へと向かう。リアルで足長蜂に刺された経験があるので、正直蜂は結構怖い。しかも、近づくたびに次々と巣から出てきた蜂たちが私の正面で臨戦態勢を整えていくのが見えるのだから怖くない訳がない。

それでも我慢して歩を進め、その距離がようやく巣から二メートルほどに迫ったとき、巣から出てきたのは他の蜂よりも明らかに二回り以上大きい蜂……多分あれが女王蜂。ていうか、なんで一番やられちゃ駄目な個体がわざわざ外へ出てきちゃうんだと思わなくもないが、兵隊任せにしないところは好感が持てる。

『はじめまして、私は夢幻人のコチと言います。今日は皆さんに交渉というかお願いがあります。話を聞いてくれませんか』

【魔力操作】で発声と同時に魔力放出し疑似的に声に魔力を纏《まと》わせると、ちゃんと気持ちが伝わるように真摯《しんし》に話しかける。

ヴヴヴッ！

蜂たちは威嚇の羽音を強くするが、まだ大きな動きはない。

『この場所は人間が暮らす場所に近すぎます。このままだといずれ誰かに巣ごと追いやられてしまうと思います』

ヴヴヴウヴヴッヴヴヴッ！

私の気持ちは一応伝わっているらしい。蜂たちの動きに追い立てられる者としての怒りが感じられる。

『私と一緒に来てもらえませんか？　私のホームにはあなたたちを安全に住まわせてあげられるだけの場所があります』

ヴヴヴッ！　ヴヴ！

ああ、なんとなくわかる。彼らは『信用できない』って言っている。それなら……

『私にあなたたちを傷つけるつもりはありません』

両手を広げて武器がないことを示しつつ、一歩、また一歩と近づく。

ヴーーーーー！

「コチさん、危ない！」

蜂たちが一斉に威嚇の動きをしたことで思わず叫んでしまったのはミミコさんだろうか。心配してくれたのは嬉《うれ》しいけれど、この状況下では緊張状態にある蜂たちを刺激しただけだった。

蜂たちはその叫び声に触発されるように私に向かって攻撃を仕掛けてくる。その数は少なくても数十匹以上。思わず走って逃げたくなるが、ニジンさんの根性と愛情という教えを信じて踏みとどまる。

（風幕《ウインドカーテン》）

でも、さすがに顔を刺されるのは抵抗があるので首から上は【無詠唱】で発動した【風魔法】の防御魔法で守る。着ている見習い装備も何気に防御力は高いので、蜂の攻撃は自然と素肌が剥《む》き出《だ》しの腕に集中する。これが地味に痛い……サイズは小さいとは言ってもいかんせん数が多い。しかも攻撃に確定毒の効果を持っている個体がいるらしく、LUKさんが仕事をせずに毒を受けている。

（回復《ヒール》）（解毒《キュア》）……（回復）（解毒）……（回復）（解毒）……

HP《生命力》に余裕はあっても精神的によろしくないので、刺激しないように【無詠唱】でトレノス様から貰《もら》った【回復魔法】を対症療法のように使用して、回復と解毒を繰り返しつつさらに前へと進む。

「「コチさん！」」

「駄目です。今が大事なところなので」

蜂に群がられているのを見て慌てて助けに来ようとするアリナさんとミミコさんをニジンさんが止めている声が聞こえる。

『落ち着いて下さい。私はあなたたちとは戦わない。友達になりたいんです』

ヴ……ヴヴ

嘘偽りなく思いを込めながら語りかけつつ歩を進め、とうとう女王蜂の前へ到達した私はゆっくりと手を差し伸べる。

『私と友達になってください』

ヴヴ

女王蜂は躊躇《ためら》うようにしばらくゆらゆら飛んでいたが、やがて伸ばした私の手の平に、ゆっくりと着陸して羽を畳み、僅《わず》かに頭部を下げた。

〈【調教】を取得しました〉
〈『レッサークインビー』のテイムに成功しました〉
〈テイムした魔物に名前を付けてください〉

『名前：（　　）　種族：レッサークインビー　〔Lv３〕
特性：【眷属《けんぞく》支配】【微毒確定】【養蜂】』

やった！　成功だ。ちゃんと【調教】も覚えたし、女王蜂をテイムしたことで他の蜂たちも大人しくなってくれた。そして、私に毒を与えていたのはあなたでしたか……女王様なのに攻撃にも参加してたんですね。

「まあいいですけど……それに、よく見れば美人さんです。これから仲良くしましょうね、キミの名前はローズです」

これで、私の畑に巣を作って蜂蜜《はちみつ》でも作ってくれたら最高です。ローズを肩の上に移動させると他の蜂たちには巣に戻ってもらって、巣を壊さないように丸ごと街壁から取り外して抱える。このまま持ち帰ってコンダイさんに相談しよう。

「うまくいきましたねコチさん。さすがは私の教え子です。むふん！」

「ありがとうございます」

いやいや、ニジンさんは『根性と愛情』としか言ってませんから。鼻息荒く近づいてきたニジンさんに苦笑しつつも、素直にお礼を言っておく。

「こ、コチさん！　大丈夫なんですか！」

「ていうかどうして蜂の巣抱えてるのにもう攻撃されないの？」

ニジンさんとは違って恐る恐る近づいてきたアリナさんとミミコさん。

「はい、この女王蜂をテイムしたので、皆友達になりました」

「テイムって魔物を仲間にすることだよね。凄《すご》いなぁ、僕も相棒が欲しいなぁ」

「アリナちゃん、確か【調教】スキルが必要だったと思うから私たちには無理じゃないかな」

「そっか……残念」

ふたりが残念そうに肩を落とす姿はちょっと心が痛む。とは言ってもさっきみたいな自虐的な方法をふたりに実践させるのはさすがに鬼畜すぎて教えてあげにくい。

「やる気があるなら簡単に覚えられると思いますよ」

「ニジンさん？」

ちょっと！　リイド基準の簡単は簡単じゃないですよ！　慌てて止めようとするがすでにニジンさんはふたりに近づいて話し始めてしまった。

「【調教】は魔物が相手じゃなくてもいいので……そうですね。さっきまで蜂の巣があったあたりに、こぼれた蜂蜜に寄ってきた蝶々《ちょうちょう》と甲虫がいるので、そちらで挑戦してみますか？」

思いがけない申し出に顔を見合わせていたアリナさんとミミコさんだが、すぐに心を決めたらしくニジンさんに向かって同時に頭を下げた。

「「よろしくお願いします！」」

結局、ふたりがスキル修得を目指している間、私は暇になってしまったので今のうちにリュー君にクエストの達成を報告。

「ありがとうな、にいちゃん。ほら、これ約束のほーしゅー」

〈クエスト『子供たちの遊び場を守れ』をクリアしました〉

〈綺麗《きれい》な石を取得しました〉


クエストクリアは嬉しいけど、なんとなく罪悪感が……そうだ！

「いつも君たちは何をして遊んでいるの？」

「え？　そうだなぁ、鬼ごっことか、かくれんぼとか？」

「たまにはおままごとにも付き合ってよぉ」

「げ……また今度な」

「ぶ～！」

よし、いける。

「じゃあ、君たちに良い物をプレゼントするね」

そう言って私が取り出したのは、木の端材とただの布、そして木工道具と裁縫道具だ。作ろうとしているものは簡単なものなのですぐ出来る。

木の端材を適当なサイズの立方体に切ってから角を落とし、やすりで球形に加工。それを布で何重にもくるんで、最後に布袋にいれて隙間《すきま》がなくなるように縫製。

「よし、できた！　跳ねないけどボールの完成」

「うおぉ！　すげー！　あっという間になんか出来上がった。でも、どうやってこれで遊ぶんだ？」

「そうだなぁ」

多少布でくるんでいるとはいえ、芯《しん》には木材があるから強く衝撃を与えると硬いのでドッジボールやサッカーは怪我《けが》しそうで危ない。となると蹴鞠《けまり》的なリフティング遊びがいいかな。

「これ、おもしれー！　にいちゃんありがとな！」

「なんとも……子供の適応力は凄いです」

リュー君たちは、私がなんとなく教えた蹴鞠をあっという間に吸収して、既に多人数での遊びに昇華させていた。さすがに数が足りないかと思ってさらにボールを四個ほど追加して渡したんだけど、いつの間にか自然とチーム分けがされて、各チームごとにいかにボールを落とさずにアクロバティックなリフティングをするかという競技になっていた。

「できた！　僕にもできたよ！【調教】も覚えてる！」

「アリナちゃんおめでとう！　やったね」

肩にいるローズとその様子を眺めていた私の耳に、二度目の歓喜の声が聞こえてきた。一回目は十分ほど前にミミコさんが【調教】を覚えたときだ。

「良かった、どうやらふたりとも無事に取得できたみたいですね」

「「本当にありがとうございました！」」

「いえ、別に大したことをした訳じゃ……」

「そんなことないです！　道に迷っていただけの私たちに丁寧に対応して頂いただけじゃなく、貴重なスキルの取得まで手伝って頂いて」

兎耳の先に大きなモンシロチョウのような蝶々をとまらせているミミコさんが食い気味に被《かぶ》せてくると。

「そうだよ、今の僕たちじゃ恩返しもままならないけど、お礼ぐらいは言わせてよ」

胸元にやはり大きめのカブトムシをとまらせているアリナさんが私の手を握ってぶんぶんと上下に振る。いや、気持ちは嬉しいけどカブトムシ潰《つぶ》さないように気をつけて。

「わかりました、わかりましたから。これも何かの縁ということで、今後また何かあったらよろしくお願いします。私はこの街で不定期のお店をやってまして、そこに住んでますから」

そこでまた、もうお店なんて凄い！　なんて一幕があったんだけど、キリがないから割愛。

子供たちに別れを告げ、ふたりとフレンド登録をしてようやく帰路についた。これで夢幻人のフレンドは五人。フレンドリストにならんだ五人の名前を見るとちょっと嬉しい。


ホームに帰ってからは、コンダイさんと相談してローズたち用の養蜂箱をいくつか作って畑の隅に設置。ローズたちは喜んで引っ越ししていった。

残った巣はいらないとローズが言うので、そこから回収した蜂蜜をおかみさんに渡したんだけど、小躍りするほど喜んでくれたので我慢してチクチクされた甲斐《かい》があった。

それと、うっかり白いワンピースのままホームに戻ったニジンさんを見てアルが大爆笑していたので、エステルさんと私でがっつりとシメておいた。せっかく似合っているのにちゃかすなんて、これで着てもらえなくなったらどうするんだ全く。

「コチ、当然次はわたくしも買い物に連れていってくれるのよね？」

「も、勿論《もちろん》ですよ」

なんてやりとりもあったけど、楽しい一日だったかな。……疲れたけどね。

第六章　混沌《こんとん》の爪

イベントまではこちらの時間であと二十日。その間にいろいろ準備を、と言いたいところだけど実は私の場合そんなにやることがない。普通の人は期間中に新しい装備を用意したりとか、各種回復アイテムを買い集めたりとかするのかも知れないけど、私はそもそも見習い装備以外を身に付けられる場所が限定的で簡単に更新できないし、回復アイテムは自分で作れる。

あとはレベル上げだけど、現状職業レベルはすぐ頭打ちになるし、種族レベルはもともと上がりにくいから気長にやるしかない。

と言う訳で、あまりイベントだと構えることはせずに、なるべくいつも通り過ごすことにした。

午前中はアルとイチノセ周辺でレベル上げと素材収集。午後からはコンダイさんと一緒に農業と開墾、夜は開墾で伐採した雑木を使って【木工】【細工】の熟練上げ。いろんな形の置物を作ったり、訓練用の木剣やら木槍《やり》なんかを作ったり、簡単なテーブルや椅子などの家具を作った。

変わったものとしてはリナリスさんから看板がある店が少ないと聞いていたので看板も作ってみた。形としてはパン、各種武器、盾、宝石、花、なんかをイメージしたものや、単純に形が面白いものをいろいろ作っておいた。看板の文字は使う人に手書きで書いてもらえばいい。

で、せっかくいろいろ作ったから一個でも売れればと思って店を開くことも検討したんだけど、商業ギルドで自動販売機みたいな無人販売機がレンタルされていたので、それを店の前に置くことにした。これなら店番がいなくても大丈夫。

値段はどうせ雑木でスキル上げ用に作ったものなので、深く考えずに適当に付けて登録しておいた。

私の見込みとしては、家具や看板はホーム持ちや店持ちになら多少は売れる可能性はあるかも知れないと思っている。

置物はスキルのレベル上げのために、いろいろな動物や道具、魔物をリアルにしたりデフォルメしたり、大きさを変えたりしてバラエティ豊かに作ったからかなりの数になっていて、ひとつひとつ値付けするのも面倒だったから一律同じ値段にして、買うまで何が出るかわからないガチャ方式で売り出すことにした。これなら酔狂なコレクターとか、興味本位の人にワンチャンあるかも？

最後に木製の武器各種だけど、これは本当にネタというか、訓練用みたいなものなので性能面では戦闘には使えないし売れることはないと思う。でも、修学旅行なんかで見つけるとつい買ってしまう木刀があるくらいだから、いくつかでも売れたら御の字かな。

ただ、そんな適当な売り物ばかりでお店としてどうなんだ、という突っ込みはあるだろうけど現状儲《もう》けは考えていないし、自分のお店だからある程度は好きにやらせてもらっちゃおう。

あとはイベント用に回復アイテムを【調合】したり、おかみさんと料理の研究をしながらイベント中に食べられるように料理を作ってストックしておく。今回のメンバーだとアル、ミラ、ドンガ親方辺りは結構食べるから七日間だと相当量が必要になるはず。

「コチくん、今少しいいかな」

そんなことをしながらイベントまでゲーム内時間であと三日ほどになった日の朝、ホームのリビングへ行くと珍しくウイコウさんが来ていた。他にも変装していない黒子姿のシェイドさんがいて、残りは比較的いつもここにいる、おかみさん、エステルさん、ニジンさん、コンダイさん、アルだ。

「はい、もちろん大丈夫ですけど……」

答えつつもなんとなく場の雰囲気がいつもより重く感じる。それは多分、いつも微笑《ほほえ》んでいるウイコウさんが笑っていないことに加え、すぐに茶化して話し出すアルが大人しくしているせいだろう。

「すまないね、まずは結論から単刀直入に言おう」

「は、はい」

「コチくんにはこれから、卒業試験で戦ったような相手をまた倒してきてほしい」

「え？」

おそらく私の顔はさぞ間抜け面だったと思う。それほどウイコウさんが頼んできたことに意表を突《つ》かれた。

リイド卒業試験で戦った相手は【平原の醜面獣】グロルマンティコア、ユニーククレイドボスだ。レイドボスと言われる魔物は本来もっとたくさんのパーティで連携して戦うべき魔物で、さらにユニークともなればその難易度は跳ね上がる。リイドの達人メンバーと四彩の力が借りられたからなんとか単独パーティで倒すことができたけど、決して単独パーティで何度も戦うような相手ではない。

でも、問題はそこじゃない。なぜ今、このタイミングでそんな強敵と戦う必要があるのかということだ。

ゲーム的観点から見れば、イベントが起きている訳でもないので仮にランダムにポップするような魔物だったとしても、人的や物的に大きな被害が出るような状況ではないなら、無理に倒しに行く必要はない。

それでも倒したいというのならもちろん協力するが、卒業試験という名目が無い以上は〈見習い〉の私をメンバーに入れて戦力を落とす必要がなくなる。

それに魔物の場所がわかっているのならイベント終了後に倒しに行ったっていい。


「いろいろ疑問に思っているようだね。その疑問のいくつかには答えてあげられる。それでこの話に協力するかどうかを判断して欲しい」

つまりは、全《すべ》てを話すつもりはない、ということか。

でも、特殊な状況下で生活していたリイドの人たちが何か重要な役目を担っているであろうことは私にも容易に想像できる。おそらくユニークレイドボス関連もその役目が絡んでいるのだろう。

そうであるならば！　私の力がその役目に役立つのなら、私が彼らの協力要請を断ることはない。

「わかりました、協力します」

「おまっ！　コチ、いいのかよ！　なんも聞かねぇで！　そもそも俺はウイコウの方針には反対なんだ！　コチだってもう俺たちの仲間だ、全部話して巻き込んじまえばいいんだよ！」

「そうよ、コチ。わたくしたちの都合であなたを危険な場所に赴かせるのですから、あなたはもっとわがままでいいわ」

黙って成り行きを見守っていたアルとエステルさんが驚いて声を上げる。それだけで私には十分。皆が私のことを考えてくれていることがちゃんとわかるから。

ウイコウさんだってそうだ。多分ウイコウさんは私の夢幻人《むげんびと》としての立場を物凄《ものすご》く尊重してくれている。この世界ではどこまでも自由な存在である夢幻人《プレイヤー》の私が自由でいられるように。

「そうですね、それじゃあふたつだけ」

「なんだい？」

「どうして『今』で、どうしてメンバーに『私』がいなければならないのか、です」

ウイコウさんは、深い事情を聞かない私の想《おも》いを汲《く》み取ったのか小さく頭を下げると、ようやくいつもの表情に戻って口を開いた。

「私たちは奴《やつ》らを『混沌の爪』と呼んでいる。奴らの出現する場所は時とともに変わる。今回の出現地点と時間をシェイドが突き止めたのはついさっきのことだ。それによれば、奴の出現している時間は今晩のみ。それ以降は再び情報集めからやり直すことになる」

「多分だけど、この周辺で奴らを捕捉《ほそく》できるのはこれが最後になるかな。今後はもっとリイドから離れた場所に出現地点が変わっていくと思うよ」

シェイドさんが黒布の向こうで気軽に答えるが、出現地点も出現時間もランダムな相手を事前に捕捉するとか、相変わらず凄《すご》い人だ。

「それと、コチくんをメンバーに加える理由だが」

「はい……」

「すまないが詳しくはわからない。ただ、奴らは夢幻人がいないと倒せない。どれだけ攻撃を加えても大地人《だいちびと》だけではとどめがさせないんだ。予測はしていたが、その確信が持てたのも先日の卒業試験の結果を受けて、ということになる」

「それは………なんとも不思議ですね」

と、言ってみたけど……なるほど納得。ユニークレイドボスと言えばおそらくは何らかのイベントに絡んだ敵である可能性が高いし、そうでなくても運営サイドから考えれば最低でもプレイヤーに向けた挑戦状的な意味合いはあるだろう。そんな敵をプレイヤーがいないところで勝手に大地人《NPC》が倒してしまっては運営としては頭が痛いことになる。

本来ならプレイヤーが私ひとりだけというのも問題なんだろうけど、きっとプレイヤーひとりで倒せるような相手じゃないから、もっとたくさんのプレイヤーが協力して討伐することを想定していたんじゃないかな。

いずれにしても私の中のちょっとした疑問は解消されたし、心置きなくイベント前の腕試しに挑戦してみようか。腕試しというにはかなりハードなことになりそうだけどさ。

「コチくん、他に質問はあるかな？」

「いえ、ありません。あ、いやもうひとつだけ。今回のメンバーは？」

ウイコウさんは頷《うなず》くと顎髭《あごひげ》をさすりながらしばし黙考。そのあと周囲を見回してからもう一回頷いた。

「今回はここにいるメンバーでいいだろう。シェイド、どうかな」

「ん？　ここにいるメンバーってことは僕とキミ以外ってことだよね。そうすると、アルレイド、エステル、コンダイ、ラーサ、ニジンにコチくんか。ちょっと物理に寄りすぎな気もするけどエステルがいて四彩がいるならなんとかなるかな」

「ということでどうかな？」

ちょっと意外な人選だ。アルとエステルさんはいいけど、コンダイさん、ラーサさん、ニジンさんはどっちかというと生産でメンバーを補助する側。まあ……それでも全然私より強いので不安はないけど。ただ問題は……

「支援と回復が私のアイテムだけでなんとかなるでしょうか？　小規模戦闘が連続するならなんとかできると思いますけど、大型の魔物が相手になると私のアイテムでは回復が追いつかなくなると思います」

一撃のダメージが大きくなってくると私の持っている回復薬では一気に回復しきれなくなってくる。【回復魔法】を覚えたことである程度、魔法での回復も視野に入るようになったけど素のステータスが低いから回復量には不安がある。

リイドの皆は強いけど大地人だ。万が一死亡するようなことがあれば取り返しがつかないことになる。メリアさんがいてくれれば蘇生《そせい》手段はあるが、今回は同行していないし、運び込むにしても戦闘場所によっては間に合わない可能性もある。だから回復面については妥協することはできない。

「大丈夫、コチ君だけに負担をかけさせるつもりはないからね。ニジン、サポートは任せる」

「わっかりました！　先生に任せて下さいコチさん！」

むっふんと鼻息を吹き出す先生がなんとなく信用しきれないのはなぜだろう。

「やれやれ、あたいまで駆り出されるとはね。この間の『平原』からドロップした盾を借りていくよ」

やれやれと言いつつも腕まくりをしながら不敵な笑みを浮かべるおかみさん。いつもは料理ばかりしているけど、彼女も棒術と槌《つち》術の達人だ。グロルマンティコアを倒したときに入手した盾を使うということは今回はリイドで何度か見たことがある、あのごっつい総金属製のメイスを使うんだろう。あのとき入手した盾というのは『未知の護盾《アンノウンガード》』のこと。グロルマンティコア初見討伐報酬で貰《もら》った盾で、高いＶＩＴに加えて初見の相手や未知の攻撃に対して防御に補正がかかる伝説級の盾だから強敵と戦うならあると心強い。

「んだなら、オラも轟斧槍《ごうふそう》ば借りていくだ。手数が必要になりそうだでな」

コンダイさんもなんだか嬉《うれ》しそうに見えるのは見間違いじゃないだろう。結局リイドの人たちは自由に暴れられることが嬉しい人たちってことなんだな、きっと。長いこと決められた行動を強いられてきたことを思えば無理もないけどね。

ちなみにコンダイさんが持っていく轟斧槍もグロルマンティコアを倒したときに、ユニークレイドボスソロ討伐報酬で貰った『連撃の轟斧槍』のことで、こちらも高いＳＴＲに加えて、斧《おの》と槍両方の利点を使えるハルバード。しかもタイミングはシビアだけど、攻撃を繰り出した後、すぐに次の攻撃に移ると攻撃後の隙をキャンセルできて連撃が続くというこちらも伝説級の武器。コンダイさんは力もあるし、斧術の達人でもあるからきっと使いこなしてくれるだろう。

「ま、俺がいれば問題ないさ。またちゃちゃっと片付けてやろうぜ、なあコチ」

「前回一人だけ状態異常になったことを忘れた訳じゃないよね？」

「そうよ、今回はわたくしたちの指示に遅れることがないようにして欲しいですわ」

「ぐ、わかってら。この前のはちょっと久しぶりだったからな。今度は狩りもしてしっかり勘も戻ったし、もう問題ないね」

「そうだといいですわね。あなたが逃げ遅れても魔法は止めませんから、そのつもりでいなさいな」

「へ！　言ってろ」

仲が良いんだか悪いんだか……ていうか、普通に悪いのか？

どっちにしろ下手《へた》に手を出すと巻き込まれるから、いつも通り放置しますけど。

「シェイドさん、正確な時間と場所を」

「いいとも、場所は東の荒野の先にある山と、リイドがあった山脈に挟まれた峡谷。時間は日没より後、日の出より前ということしかわからなかった」

「移動は半日くらいですか？」

「そうだね、荒野の魔物との戦闘を加味しても十分じゃないかな」

「わかりました。じゃあ、午前中は各自で準備をしてお昼を食べてから出発しましょう」

「おう！」

「わかりましたわ」

「はいです！」

「わかったべ」

「食事は任せておきな」

◇　◇　◇

「やっと着いた……この辺でいいのかな」

思い思いに準備をして、おかみさんの美味《おい》しい料理でエネルギーを補給してイチノセの東門を出た後、荒野のフィールドをロックマンという岩男や、アースジャッカルという狼《おおかみ》系の魔物と戦いながらひたすら東に進み、山岳地帯に入る手前で南進。本当ならこのまま山岳地帯に入って採掘ポイントを探して採掘したいところだったけど、今回は目的が違うし、時間の関係もあって見送る。そのまま山の裾《すそ》野《の》を回り込むようにして徐々に南東に進んで日没間際にようやく目的地に辿《たど》り着《つ》いた。

そこはふたつの山の端が重なった部分が無理やり引き裂かれたかのような、不思議な地形の峡谷だった。

「そうね、シェイドから貰った地図の場所はここで間違いないわ」

「だが、まだ時間はありそうだね。今のうちに腹ごしらえをしておこうじゃないか」

「おほ！　いいね、ラーサがいるとどこでも美味《うま》いもんが食えるのはありがたいぜ」

日没までにはまだ時間があるし、出現する可能性が高いのは日没後数時間経《た》ってかららしいから軽く食事をしておくにはいいタイミングかも知れない。

「今、テーブルと椅子を出します」

「コチどん、オラに寄越《よこ》すだ」

「はい、お願いします」

「あ、私も手伝いますよ」

「じゃあ、ニジンさんは椅子をお願いします」

　こんな山間の人里離れた場所で、和やかに卓を囲んで食事をするというのもおかしな話だけど、やっぱりおかみさんの作ってくれたサンドイッチは美味しい。しかも最近はローズたちが作ってくれた蜂蜜《はちみつ》を料理に組み込みだしているのでさらに美味さ倍増だ。今回はちょっと臭みと硬さがあるボア肉を蜂蜜と果実に軽く漬け込んで、肉質を柔らかくしつつ臭みを消し、爽《さわ》やかな酸味と甘みを加えている。それをコンダイさんが作った野菜と一緒にパンに挟むと他に味付けがいらないほどに完成されたサンドイッチになる。

　メンバーの評価ももちろん最高評価。これから大きな戦いを控えているとは思えないほどに和やかで楽しい食卓になった。勉強になります、ご馳走様《ちそうさま》でした。

「さて、そろそろですね。各自心構えをお願いします」

　テーブルや椅子をインベントリに収納し、各自で自分の装備や所持アイテムなどを確認して戦いに備える。私も自分の状態を確認するが、特に問題はない……あれ、何か忘れて……あ！　そうだった。

「【召喚《サモン》：紅蓮《ぐれん》】」

　私がスキルを使用すると目の前に赤い光の柱が発生し、そこから赤い小鳥姿のアカが現れる。

『わちしを召喚したってことは、そういうことよね？』

「そうかな、グロルマンティコア級だって聞いているからね」

『ふん、約束を忘れなかったのはあなたにしては上出来ですわ』

「はは……忘れるわけないじゃないか」

あ、危なかった……前回グロルマンティコア戦のあと次があれば最初から召喚するって約束していたのを忘れるところだった。ついでに残りの四彩も……と思ったけどこれから戦うのは谷間の地形、機動力を重視するシロやクロが本来の姿で戦うにはちょっと狭いからひとまず他の四彩の召喚は保留にしておこう。

「コチ、いよいよらしいぜ」

「わかった。アカもよろしく頼む」

『任せておきなさいな』

緊迫したアルの声に装備している見習いの長杖《ちょうじょう》を握る手に力が入る。落ち着け！　大丈夫。前回とやることは変わらない。私には皆がいる、しっかりとサポートして確実に戦えばいい。

自分を落ち着かせるように言い聞かせると、谷の中へと視線を向ける。既に周囲は真っ暗なため【暗視】スキルを使用しつつ、全員に『闇視《ダークビジョン》』の魔法も使う。これで不都合がでるようならエステルさんと協力して周囲に『光灯《ライト》』を多数発動する予定だ。

「あれか……今回も大きいな」

グロルマンティコアのときもそうだったけど、奴らがフィールドに現れるときはなんかブラックホールのような黒い渦が現れて、そこを出入り口にしているかのように渦の中から出てくる。今、私の視線の先にもその渦がある。出入り口代わりである渦が大きいということは出てくる魔物も大きい可能性が高い。

「ニジンさん、準備を」

「わかりました。えっと、じゃあ【召喚：アムリエル】【召喚：セレイン】」

「おぉ……」

今回、私と一緒にパーティの支援を担当してくれるのはニジンさんが召喚する従魔という話だった。そしてニジンさんが召喚したのは、白い衣と神々しい雰囲気を纏《まと》い白い羽を広げている男性型天使系の魔物。もう一体は女性の体を持ち鳥の羽を持っている……ハーピィ系？

「あんちゃん、出てきたよ」

おかみさんの声に渦に視線を戻すと、渦の中から細長い触手のような物が出てきている。触手？ということはニジンさんあたりがテンプレの事態に？

「ありゃあ、鼻だな」

「鼻？」

アルの呟《つぶや》きにもう一度よく見直してみると、確かにそれはゾウの鼻のように見える。ということは。

「でけぇゾウが相手ってことだな」

続けて出てきた巨大な牙《きば》を備えた頭部、硬そうな毛に覆われた前足を見てもはや疑いはない。今回の相手はマンモスを彷彿《ほうふつ》とさせる巨大なゾウのような魔物だ。そのサイズは少し離れていても見上げるほどで、おそらく体高は五、六メートルはあるかも知れない。ビルの高さで換算すると二階の天井くらいまで？　体長も鼻を除いた状態で十メートルくらいはありそうだ。

「完全に出てきて渦が消えるまで攻撃は控えて下さい」

「おう！」

「わかってるだ」

「大丈夫よ、タイミングは任せなさい」

ウイコウさんたちによれば、奴らは不利になったときに渦が残っていれば再び渦の向こうへ逃げ出す可能性もあるらしい。そのため奴らを逃がさないよう、渦が消えてから攻撃を開始して欲しいと言われている。

既にその巨体は渦から完全に抜け出している。あとは、既に揺らめきだしている渦が消えれば、それが戦闘開始の合図になる。


「セーちゃん、お願いします！」

ニジンさんもそれを感じたのか召喚していた従魔の一体に指示を飛ばすと、セレインと呼ばれていた鳥翼の女性が綺麗《きれい》な高音で歌い始める。同時に私のステータスに攻撃力上昇、防御力上昇の支援《バフ》が付く。歌を歌う鳥翼の魔物……あ、そうか。

「ハーピィじゃなくてセイレーンだったのか。セイレーンって人魚みたいな海の魔物のイメージが強いけど、元々は半鳥系だったっけ」

「ふふん、セーちゃんは水辺では形態を変えられますよ」

清々《すがすが》しいほどにどや顔のニジンさんだが、これは受けいれざるを得ない。陸海空全《すべ》てで活躍できて、しかも歌の支援効果でふたつもバフを付けられるような従魔をさらりと召喚できて、さらにもう一体の天使系の従魔は回復系のスキルが使えるはず。

日頃《ひごろ》はダメダメに見えてもやはりリイドの人は凄《すご》い。

「よし！　渦も消えた」

「了解、アカは上空から。アルとコンダイさんは正面からタゲを、おかみさんとニジンさんは後ろ足を狙《ねら》って下さい」

『空は任せなさい』

「おう！」

「わかっただ！」

「わかったよ！」

「はいです！」

頼もしい返事と共に皆が動き出す。今回の戦場は前回の平原と違って両側が岩壁のようになっていてそんなに広くないので、ある程度接近戦を強いられる可能性が高い。それなら今のうちに。

「エステルさん！」

「『風裂旋風《ウインドトルネード》』」

すぐさまエステルさんが風系の高位魔法を放ち、竜巻が敵を包む。エステルさんの場合はあの竜巻の中にいくつもの鋭利な風の刃《やいば》を忍ばせているため、普通の相手ならこの魔法だけで切り刻まれて終わる。だけど、グロルマンティコアのときもそうだったけどエステルさんクラスの高位魔法でも一発で沈むような相手じゃないだろう。

『――――――！』

それでも渦から出たばかりのところに不意打ちで高位魔法を受けたマンモスは風の牢獄《ろうごく》の中で鼻を高々と掲げ苦悶《くもん》の叫びをあげているかのようだ。

「……ちょっとおかしいわね」

「え？」

「まったくダメージを受けていないように見えるわ」

エステルさんが風から三角帽子を守りながら厳しい表情でマンモスを睨《にら》んでいる。私も慌ててマンモスのライフゲージを見るが、確かに四本あるゲージの一本目はほとんど減っていない。

「魔法抵抗力が異常に高い？　いや、それにしたってエステルさんの魔法をほぼ無効化するなんて何かカラクリがあるはずだ」

ユニークレイドボス級の敵を物理だけで倒せなんて難易度が高すぎる。

「うお、なんだこいつ気持ち悪っ！」

「アル！」

敵との間合いを詰めるべく走っていたアルが叫んだので何事かと思ったが、その理由はすぐに全員が理解した。

マンモスの顔に、背中に、腹に、前足に、後ろ足に、鼻に大きな目が浮き出てきている。日本の妖怪《ようかい》かなんかに全身に目がある百目なんていうのがいたけど、まさにあんな感じだ。

そして、そのたくさんの目が開いた瞬間、エステルさんの竜巻が掻《か》き消《け》されるように消滅した。

「コチ、あの目やっかいよ。ひとつひとつが結構な魔力を帯びていて結界のような役割をしているわ」

「あれがある限り生半可な攻撃は効かないってことですか」

「……多分物理は効くわ。魔法は厳しいわね」

忌々し気に告げるエステルさんはどこか悔しそうだ。魔法を生業《なりわい》にする大魔女《グランウイッチ》としては受け入れがたいものがあるんだろう。

竜巻が掻き消されたタイミングで上空からアカの炎がいくつも命中しているが、それらも体表に届く前に雲散している。地道に物理で削り切ることもできなくは無いかも知れないがかなりの時間がかかるだろう。戦闘時間が長引くということはそれだけ怪我《けが》をする可能性も上がる。

神殿送りになるだけの私や死に戻りできる夢幻人ならまだしも、死んだら終わりの大地人である皆のリスクは少しでも減らしたい。


『【峡谷の単眼獣】キュクロエレファンテ〔Lv？？〕』


名前しか見られないだろうというのは想定していたけど、なにか情報をと考え使った【鑑定眼】の結果に思わず首をひねる。

単眼？　ひとつ目ってこと？　あれだけ目があるのに？　でももし、あの名前が本当にそのままの意味だとするなら……本当の目は、ひとつだけ？　それなら！

「全員物理攻撃優先！　攻撃目標はなるべく目を潰《つぶ》していく方向でお願いします！」


全員から承諾の声が上がるとチートな住人たちの苛烈《かれつ》な攻撃が始まる。

コンダイさんは巨躯《きょく》を活《い》かし『連撃の轟斧槍《ごうふそう》』を力強く前足の目に叩《たた》き付けて潰し、それを嫌がるキュクロエレファンテの鼻の殴打すら轟斧槍で迎え撃つ。

おかみさんは『未知の護盾《アンノウンガード》』を構えつつも先端に棘《とげ》があるメイスを後ろ足の目に次から次へと叩き付けていく。その威力は、いつも繊細な料理を作っている同じ腕からの一撃とは思えない。

長槍を装備したニジンさんに、いつものほほんとした雰囲気はなく素早く胴体の下に潜り込むと突き上げるようにして腹側の目を次々と貫く。

アルは正面に立ってキュクロエレファンテの注意を引きながら振り回される鼻に浮き出ている目をひとつずつ確実に切り裂いていく。

アカも炎の攻撃が効かないとなるや、その姿を本来の鳳《おおとり》に戻して上空から加速を付けた嘴《くちばし》や足爪の一撃で背中の目を潰している。

「エステルさんはしばらく様子を……」

「『氷槍《アイスジャベリン》』！」

「う……」

言いかけた私の顔のすぐそばを氷の槍が通り抜け、キュクロエレファンテの目のひとつを刺し貫いた。

「なにか言いまして、コチ。多少の結界があったところで、威力を凝縮した魔法による一点突破ならダメージを与えることなんて余裕ですわ」

「いえ、何も。さすがです師匠」

私の魔法ではきっとあの目の結界を抜けることは難しい。となれば私も物理で攻撃するしかない。

「弓を使うの？」

「はい」

見習いの長杖をインベントリに収納し、見習いの弓を取り出して装備。矢筒から取り出した矢を番《つが》え、他のメンバーが狙いにくい背中の方の目を威力と精度の底上げを兼ねて弓のアーツ『狙撃《スナイプ》打ち《ショット》』で放つ。

「……当たったわね。おみごと」

「ありがとうございます」

威力が足りないかと思ったけど称号の【大物殺し《ジャイアントキリング》】【初見殺し】【孤高の頂き】がいい仕事をしているようでなかなかの攻撃力だ。皮膚は貫けないだろうが目にしっかり当たればそっちは潰せるらしい。

私の推測が正しければ、キュクロエレファンテの無数の目。あれのほとんどは結界生成用の疑似眼だ。おそらくやつの本当の目はその名前の示す通りたったひとつだけ。

そしてそのたったひとつの目は奴《やつ》の弱点でもあるはずで、こうして皆でひとつずつ潰して行けばいつかは正解に辿《たど》り着《つ》く。でも、それはあまりにも運任せの要素が強く、時間がかかりそうだ。ランダムで配置されるようなものなら私のＬＵＫさんに頼る手もあるが、なんとなく今回はそういうタイプの敵じゃない気がする。

ただ、目を潰すことで奴のライフはじわじわと減っていて、もうすぐ一本目のゲージを削り切ろうとしている。

「行動パターンの変化に注意！」

注意喚起をしつつ、次の矢を放つ。それなら奴の弱点はどこ？　おそらく簡単に狙える場所じゃないはず。一番怪しいのは鼻の脇《わき》から伸びた二本の牙に守られた額にある縦長の大きな目。いかにもという感じだけど、正解かどうかはやってみればいい。そう考えて私が弓に矢を番えたとき、キュクロエレファンテの残っていた目が全て光を放ち始めた。

「なんかやるだよ！」

コンダイさんが叫ぶ。確かになんかやばい気配、嫌な予感がする。

「全員退避！　攻撃に備えて下さい！　【召喚：蒼輝《そうき》】急ですみませんアオ、私とエステルさんに障壁を」

『承知』

私は叫ぶとすぐにアオを召喚、事情を説明する間もなく水の障壁を依頼してエステルさんを引き寄せる。

「きゃ、ちょっとコチ」

「文句は後で聞きます」

前衛の皆は？

「ニジン！　あたいの後ろへ！」

「わ、わかりました！」

おかみさんはニジンさんを背後にかばいつつ『未知の護盾』を使って防御に専念するらしい。

「『土起こし！』アルレイド！　こっちさくるべ！」

「おう！」

コンダイさんはなんのアーツかはわからないが、轟斧槍を鍬《くわ》のように地面に叩き付け盛り上がってきた土を壁にして隠れるらしい。

そこにアルが飛び込んだと同時に残っていた全《すべ》ての目が一斉に光線を放った。


「う……ぐ……」

「くそ……が」

夜が昼になったかのような攻撃が終わったあと、残された光景は最悪の一歩手前だった。幸い私とエステルさん、ちゃっかり寄ってきていたニジンさんの召喚獣たちはアオの守りのおかげでほぼ無傷だった。しかし、高空に退避していたはずのアカもダメージを受けて私たちの後方の地面に墜落しているし、盾の効果で致命傷こそ受けていないもののおかみさんとニジンさんもすぐには立ち上がれないほどのダメージを受けている。だが、一番近くにいて、かつ防御方法がもっとも脆弱《ぜいじゃく》だったのは……

「おい！　コンダイ！　大丈夫か！　馬鹿が、俺を庇《かば》わなきゃそこまでの傷は」

「エステルさんはこのポーションを持ってアカを頼みます！　その後はここにいてください！」

「ちょっと、コチ！」

いつの間にか腕の中に抱え込んでいたエステルさんをそっと放すと、インベントリからマナポーションとエクスポーションをガラガラと出して地面に置く。

「アムリエル、セレイン！　マナポーションを置いておく、支援と回復を全力でお願いします」

そのまま弓を放り出して走る。救いなのはあれだけの大技を放ったキュクロエレファンテも技後硬直なのか動きを止めていること。今のうちに立て直す！

走りながら一番離れた場所にいるおかみさんとニジンさんにエクスポーションを投擲《とうてき》。ふたりの様子ならあれが当たれば手持ちのポーションで立て直せるはず。

「すまねぇ、コチ。俺がドジったせいで、がぼっ！」

そのままコンダイさんのところに到達すると同時に、持っていたポーションのひとつをアルの口に突っ込み、もう一個を身体《からだ》中血塗《ちまみ》れになっているコンダイさんにぶっかける。

「すぐにも奴が動き出します。私が立て直すまで奴のヘイトは絶対に維持してください！」

「お、おう！　そうだな、任せとけ！」

すぐに飛び出していくアルの気配を背中だけで感じつつ【回復魔法】を使う。『大回復《エクストラヒール》』、『中回復《ミドルヒール》』、『回復《ヒール》』……再詠唱時間《リキャストタイム》があるのでかけ続けることはできないが、私には【神聖魔法】もある。『聖癒《ホーリーヒール》』。

「……むぐ、びっくりしただぁ。あぁもう大丈夫だでよ、コチどん。見た目ほど重傷じゃねぇべ。ニジンの子たちの魔法も効いているだでな」

「え？」

と気が付けば私にも定期的に回復効果が発生するリジェネ系のバフが付いている。どうやらこれが天使系召喚獣アムリエルの能力らしい。

「それにしてもやってくれただな。足の目を潰しといてよかっただ」

「ん？　……あ、なるほど」

奴の残っている目からその目が向いている方へまっすぐ光線が発生した。だけど、近接戦闘をしていたメンバーは手の届く範囲の低い位置の目を優先的に潰していた。

おかげでほとんどの光線は谷の壁や空中に向けたものとなり、地上にいた人にダメージを与えるものは少なかった……でも、そんなの初見殺しもいいところじゃないか！

もっともレイドボスなんてのは、本来は何度も戦って負けながら少しずつ攻略法を確立していくものらしいけど、私以外は大地人というパーティの私たちはそんな訳にはいかないんだ。

……そんなの、百パーセントこっちの勝手な言い分だけど、文句を言いたい気持ちが抑えられない。

「そろそろ決めにいくべ、幸い奴が戦場を広くしてくれただしな」

「あ……確かに」

さっきの攻撃が両側の岩壁を吹き飛ばし、周囲に広いスペースが出来ている。これだけスペースがあるなら。

「コチどん、オラは行くだよ」

笑顔でそう言ったコンダイさんは轟斧槍を持って走って行った。魔法で傷は治ったとはいえ、絶対重傷だったはずなのにタフだな。

でも、これ以上コンダイさんたちが怪我《けが》をしなくてもいいように私は戦力の増強だ。

「【召喚：雷覇《らいは》】、【召喚：朧月《おぼろ》】」

『遅かったね、お兄さん』

『そうよ、いつ呼ばれるかと待ち構えてしまったわ』

「ごめん、ふたり共。戦場の条件が悪くてシロとクロが動き回るのに適してなかったんだ」

『狭くても狭いなりに戦いようはあるよ。だから、お兄さんがこんな前に出てくるようなことになる前に呼んでほしかったな』

『まったくよ。あなたは弱いのだし、あなたが役に立つ場所はここではないでしょう』

散々な言われようだが、私を心配してくれているのがわかるのでちょっと泣きそうになってしまう。

「うん、そうだったね。わかった、ありがとう」

シロとクロを抱きかかえて撫《な》でながらお礼を言うと、ふたりを放し皆の邪魔をしないように後ろに下がる。だからといって前に出るなと言われてずっと後ろに引きこもっているつもりは無い、ただ私が前に出るのはもっと後だ。

「コチ！」

「エステルさん、アカは？」

「大丈夫よ、ちょっと避《よ》け損ねて翼をかすっただけですって。物凄《ものすご》く怒っていたから無茶をしないといいけど」

心配しつつもエステルさんは魔法を放つ手を止めていない。でもこのままだとあと二回はあの攻撃を受ける可能性がある。目の数が減る以上威力が下がっていく可能性はあるけど、ゲームという面から考えれば、討伐が近くなるたびに難易度が上がっていくのがテンプレだ。

　そのテンプレを破るには単眼獣の単眼を潰す。それさえ潰せばおそらく結界も光線も封じることができるはず。

『アカ、シロ、キュクロエレファンテの牙《きば》を落として』

『怪我をしたのなんて久しぶりすぎて、この怒りの矛先に困っていたところよ』

『わかったよ、お兄さん』

『クロ、ふたりのサポートを頼む』

『ふん、必要ないでしょうけど、めくらましくらいはしといてあげるわ』

「アル、ラーサ、ニジン！　四彩が牙を落としたらあいつの頭の位置をなんとか下げさせて！」

「け、無茶言いやがる」

「ふん、下拵《したごしら》えは順調だよ。任しておきな」

「へ？　私は何をすれば？」

　ひとり意味がわかっていないニジンさんを無視してさらに指示を飛ばす。

「コンダイさん、あいつの頭が下がったら額の目を！」

「いい役目だべ！　感謝するだよ、コチどん」

　四彩には念話で、パーティメンバーには口頭で作戦を伝える。とりあえず一番怪しいのは防御が硬く、一番目立つあの額の目。まずはあいつを潰《つぶ》す。

『私からいくわ！　炎も風も効かないならこれでも喰《く》らいなさい！　【天斬《あまきり》】』

　アカが使った技は以前使った属性攻撃を纏《まと》った攻撃【天翔《あまかけ》】とは違い、純粋に自らの翼を強化して斬りつける高速の物理攻撃らしく、赤い閃光《せんこう》が駆け抜けたと思ったときにはキュクロエレファンテの右の牙がゆっくりと地面へと落下していくところだった。

『次はぼくが行くよ。【雷閃《らいせん》】』

巨狼《きょろう》へと戻っていたシロの体に蒼《あお》い稲光が走る。そして次の瞬間にはシロの姿が消える。

「え？」

と思ったときにはキュクロエレファンテの反対側に移動しているシロ。その口には奴《やつ》の牙が咥《くわ》えられていた。

あっという間に自慢（だったかどうかは知らないが）の牙を二本とも奪われたキュクロエレファンテは激昂《げきこう》して棹立《さおだ》ちになり近くにいたアルとコンダイさんを踏み潰そうとする。

「あんたの肉質は見極めたよ！　あんたの体重を支えている後ろ足の筋肉、その力の集積点はここさ！」

おかみさんが盾をニジンさんに投げ渡してメイスを両手に持ち替えるとキュクロエレファンテの右後ろ足の裏腿《もも》あたりを力一杯殴打する。

『────────！』

その一撃を受けたキュクロエレファンテの後ろ足から力が抜け、奴は体勢を崩すと声なき叫びをあげてゆっくりとその巨躯《きょく》を傾けていく。

「いくだよ！」

どうっ、と地面に倒れこむと同時に巻き上がった砂埃《すなぼこり》をいつの間にか魔法を準備していたエステルさんが風で吹き飛ばす。そのクリアになった空間をコンダイさんが『連撃の轟斧槍《ごうふそう》』を振り上げどすどすと走っていき、無防備になった眉間《みけん》の目へ力一杯振り下ろした。

『――――――――――――?』


「効いた！　でも……」

コンダイさんの一撃は狙《ねら》い過たず額の目を潰し、奴のライフゲージは一気に二本目のバーが消し飛んだ。その結果を見てもその目が弱点のひとつであったことは間違いないだろう。だが、奴の他の目にはまだ変化はない。くそ、また光線がくるか。

全員に避難を呼びかけようとしたところで奴に変化が現れる。残っていた目がさっきとは違い赤く光り出し、全身から闘気のようなものが噴きだしている。みるからにパワーアップという感じで、鼻の一撃だけを見ても威力が桁違《けたちが》いに上がっている。だが、その反面動き自体はどこか雑になった印象を受ける。

「これって、INT《知力》やMND《精神力》を下げて、STR《力》やVIT《体力》を上げるバーサーカー状態になったってことか？」

おかみさんに潰された足を気にする素振りも無く立ち上がると錯乱したかのように鼻を振り回し、四本の足でスタンピングを繰り返すキュクロエレファンテ。

さっきの光線に比べれば対処は難しくないのかも知れないが、あの巨体で暴れ回られるのは、そ

れだけでこちらは危険だ。

これが本来のレイド戦でもっとたくさんのプレイヤーがいたら、あの暴れっぷりで何割かは死に戻っていてもおかしくない。

「みんないったん下がって！」

予測のつかない動きで余計な攻撃を受ける訳にはいかない。あの状態がもしかしたら時間制限付きの可能性もある、今は様子見を……

「あった……」

「え、なんか言いました？　コチ」

「単眼獣の単眼を見つけました」

あいつめ、まさかあんなところに隠しているとは……あんなところに目があっても周囲は見えないだろうから、疑似眼そのものにも「見る」機能があったってことか。

問題はあそこをどうやって狙うか。

……いまのあいつの雑な動きなら、今の私と私のＬＵＫさんならできるかも知れない。となると武器は……大剣がいい。インベントリから見習いの大剣を取り出して装備。

「ちょっとコチ、そんなもの装備してどうする気なの？」

「みんな聞いて！　これから私があいつの鼻をかちあげる！　その鼻裏の付け根に赤くなっていない白いままの目があるから全員でそれを攻撃して欲しい！」

「駄目よ！　コチ！」

叫んで走り出す私を止めようとしたエステルさんの指が微《かす》かに袖《そで》を掠《かす》った。

『ならば我を懐に！』

アオの焦った声が聞こえる。でも防御してもらっちゃうと作戦が成り立たない。

「馬鹿コチ！　お前が行ったって！」

「コチどん！」

前衛を張り続けてくれたふたりにサムズアップをして後を託す。

「あんちゃん、大丈夫なんだね！」

「コチさん、先生は信じてますよ」

きっと大丈夫。だって運だけはいいからね。

『死ぬ気で行きなさい。骨は拾ってあげるわ』

『お兄さん、ぼくに任せてくれれば……』

『男の子ね、コチ。やれるだけやってみなさい』

アカ、シロ、クロも言いたいことはあるようだったけど静観してくれるらしい。

よし、行くぞ！


暴れまわるキュクロエレファンテの正面に躍り出た私は大剣を振りかざし注意を引く。凶暴化している奴は、目の前にいる私を無視することはせず叩《たた》き潰しにくるはず。

『――――――――！』

案の定、鼻から怒りの咆哮《ほうこう》を上げたキュクロエレファンテが再び棹立ちになり、その足を戻す勢いも加えて長い鼻を真上から私に叩き付けてくる。間違いなく私の最大HPを軽く超えていく一撃だ。

そして、それこそ私が誘っていた攻撃。

【死中活】

真上からの攻撃に対し、正対するように真下から大剣を切り上げ衝突する瞬間にスキルを発動。

バッキィィィン！　という耳障りな音と共に大剣が弾《はじ》き飛ばされてしまうが、【大物殺し】【初見殺し】の称号で大幅に上がっているだろうステータスに加え、【孤高の頂き】で時間経過によるステータスの補正。

そして【死中活】の効果、これは自分の残HPを超える一撃をカウンターで返すと自らのダメージをキャンセルし、相手に極大のダメージ補正が付いた攻撃を返すというもの。しかもこの効果は本来受けるダメージと私のHPの差が大きければ大きいほど効果も高いらしい。

その結果。

キュクロエレファンテは鼻をかちあげられ仰《の》け反《ぞ》り、その弱点である目を完全に露呈したと同時に私の一撃を受けた鼻は半ばから切り離されどこかへと飛んでいった。

「コチの奴、やりやがった！　ここで働けねぇやつは三日間飯抜きだ！　やれぇぇぇぇ！」

「やるだ！」

「任せなさい！」

「いくよ！　ニジン！」

「はい！」

『汚名は晴らすわ！』

『お兄さんの頑張りは無駄にしない』

『我もやろう』

『ふふ、男の子ねコチ』


【死中活】の反動で地面を転がっていた私の耳にアルの威勢のいい発破、そして全員の気合の返事が聞こえた。

《ユニークレイドボス【峡谷の単眼獣】キュクロエレファンテが討伐されました》
〈ユニークレイドボス【峡谷の単眼獣】キュクロエレファンテを討伐しました〉
〈ユニークレイドボス討伐報酬として職業レベル上限が5解放されます〉

〈ユニークレイドボス【峡谷の単眼獣】キュクロエレファンテを初挑戦で討伐しました〉
〈初見討伐報酬として【百眼の長衣】を獲得しました〉
〈ユニークレイドボス【峡谷の単眼獣】キュクロエレファンテをソロで討伐しました〉
〈ユニークレイドボスソロ討伐報酬として【反鏡の長剣】を獲得しました〉
〈キュクロエレファンテの魔核×1を入手しました〉
〈キュクロエレファンテの毛皮×10を入手しました〉
〈キュクロエレファンテの牙《きば》×2を入手しました〉
〈キュクロエレファンテの目×101を入手しました〉
〈キュクロエレファンテの尾×1を入手しました〉
〈キュクロエレファンテの毒肉×30を入手しました〉
〈キュクロエレファンテの毒血×30を入手しました〉
〈キュクロエレファンテの鼻×1を入手しました〉
〈キュクロエレファンテの爪塊×12を入手しました〉

◇◇◇

「いろいろ大変だったみたいだね、コチ君」

ホームに戻った私たちをウイコウさんは寝ずに待っていてくれた。他の皆は今頃《いまごろ》順番に入浴中だろう。

「はは……後で皆に無茶をこってり説教されましたが、なんとかなりました」

戦闘後、精神的に疲れ果てた私をシロが背中に乗せて運んでくれた。他のメンバーもニジンさんが召喚した馬系の従魔に乗っていたため、帰りはあっという間だった。だったら行きもそうすれば良かったのにと思うが、ニジンさん曰《いわ》く、あくまでも今回が特別でうちの子たちに重いものを乗せるなんてとんでもない！　ということらしい。

「コチ君、改めてお礼を言わせて欲しい。協力してくれてありがとう。本当に君が私たちの友人になってくれて良かった。つくづくそう思う、これからもよろしく頼むよ」

「ウイコウさん……はい、こちらこそいろいろ助けてもらうと思いますから、おあいこです」

ウイコウさんはいつもの温かい笑みを浮かべると黙って私の手を取って力強い握手をすると、イベントの日にまた、と言ってリイドに帰って行った。もしかして……照れてた？　そんなわけないか。


既に深夜だったけど、その日はそのまま打ち上げに突入し、戦闘を振り返って、説教されたり、お叱《しか》りを受けたり、文句を言われたりした。でもさすがに皆も疲れていたらしくそのままリビングで全員が寝落ちしていた。

◇◇◇

それからのイベントまでの期間は、せっかく上がった職業レベルのリミットを活《い》かすため、東の荒野フィールドから山岳フィールドを回って狩りをしたり採掘をしたりした。

ホームに帰ってくると自動販売所の商品が少し売れていたのが嬉《うれ》しくて商品を追加したり、商業ギルドのクエストのために開墾作業を進めたりしているうちにあっという間に時は流れ、とうとうイベント開始日になっていた。

で、イベント開始直前の私のステータスがこれ。

名前：コチ　種族：人間〈Lv13〉　職業：見習い〈Lv20〉　副職：なし
称号：【命知らず】【無謀なる者】【兎の圧制者《ラビットタイラント》】【背水を越えし者】【時空神の名付親】【大物殺し】【初見殺し】【孤高の極み】【幸運の星《ラッキースター》】
加護：【ウノスの加護】【ドゥエノスの加護】【トレノスの寵愛《ちょうあい》】【クアノス・チェリエの信徒】【チクノスの加護】【セイノスの注目】【ヘルの寵愛】
記録：【10《テン》スキル最速取得者〈見習い〉】【ユニークレイドボス最小人数討伐（L）】
HP：420／420　MP：900／900
STR：20　VIT：20　INT：20　MND：20
DEX《器用》：20　AGI《敏捷》：20　LUK：107
SP《ステータスポイント》：0
スキル
（武）
【大剣王術4】【剣王術4】【短剣王術4】【盾王術3】【槍王術《そうおうじゅつ》3】【斧王術《ふおうじゅつ》2】【拳王術3】【弓

王術４】【投王術４】【神聖剣術４】【体術９】【鞭術《べんじゅつ》５】【杖術《じょうじゅつ》６】【棒術５】【細剣術５】【槌《つち》術７】
（魔）
【魔力循環５】【魔法耐性７】【神聖魔法５】【火魔法９】【水魔法９】【風魔法９】【土魔法９】
【闇魔法７】【光魔法７】【付与魔法７】【時空魔法１】【時魔法★】【空間魔法★】
【回復魔法★】【精霊魔法３】【召喚魔法５】（蒼輝《そうき》・朧《おぼろ》月・雷覇《らいは》・紅蓮《ぐれん》）
【無詠唱】【連続魔法】【並列発動】【魔力操作】
（体）
【跳躍９】【疾走１１】【頑強１１】【暗視５】【集中９】【豪力６】
（生）
【採取９】【採掘６】【伐採５】【農業８】【畜産３】【開墾７】【釣り３】【料理９】【調合８】【調合（毒）４】【酒造４】【錬金術５】【鍛冶《かじ》７】【木工７】【細工６】【彫金５】【裁縫５】
（特）
【罠《わな》設置３】【罠解除３】【罠察知３】【気配遮断６】【鑑定眼８】【索敵眼７】【看破５】
【死中活５】【調教１】（ローズ）【孤高の頂き】【偶然の賜物《たまもの》】

『見習いの長杖《ちょうじょう》＋５　ＩＮＴ＋６３　ＳＴＲ＋３２　耐久∞』
『見習いの盾＋５　ＶＩＴ＋５６　耐久∞』
『見習いのシャツ＋５　ＶＩＴ＋３６　耐久∞』

『見習いのズボン＋5　VIT＋36　耐久∞』
『見習いのブーツ＋5　VIT＋12　AGI＋12　耐久∞』
『軽鋼の籠手《こて》＋3　VIT＋50　DEX＋41　耐久96』
『銀花のネックレス　INT＋16　MND＋8　状態異常耐性（小）』
『白露《しらつゆ》の指輪　INT＋20　MP＋50　水魔法補正　ストック（×7）解放』
『欺罔《ぎもう》の指輪　INT＋2　MND−《マイナス》1　ステータス偽装』
『白兎のコート＋2　VIT＋21　耐久64　耐寒（小）』

大きく変わったところは種族レベルと見習いレベルが上がったこと。これにより全ステータスとMPがプラスされた。中でも二体目のユニークレイドボスを倒して職業レベルのリミットが20に上がったことが大きい。SPは当然全部MPに極振りのため、MPだけはそこそこになってきている。

スキルレベルもちょこちょこ上がっている。一番大きな変化としては【時魔法】【空間魔法】がカンストして【時空魔法】になったことかな。ヘルさん関係の称号と寵愛のおかげで見習いなのに時空系の成長率が異常にいい。

装備については探索範囲を広げられなかったので、強化できるだけの素材は集まらなかったから性能は据え置き。

今回のイベントはパーティの役割的に支援回復メインなので武器は見習いの杖を使ってINTを底上げ。〔見習い〕は魔法職のように盾装備不可とかの縛りはないので、盾も装備していく。さらに白露の指輪のストックをしっかりと七つとも充填《じゅうてん》しておいたのでMPは実質1600相当。これだけMPがあれば、一発の威力が低い私の魔法でも【連続魔法】と【並列発動】を使って数で補えるから最低限の役割は果たせると思う。

あとは生命線になるかも知れない薬各種や食料の在庫がきちんとインベントリに入っていることを確認しているうちに、視界の端っこに表示していた時間の隣に追加表示されていたイベント開始時間までのカウントダウンが残り五分を切っていた。

一応イベントが始まる前に、もう一度イベントの詳細を確認しておこうかな。

『イベント【古《いにしえ》の森に巣食う魔物を倒せ】
結界に閉ざされた古の森、その森に封じられし魔物の封印が解けた。夢幻人よ、守人の召喚に応じ封じられし魔物たちを討滅せよ。
魔物は森の中央部から湧《わ》いている。外縁部に召喚される夢幻人は中央に行くほど強くなる魔物たちを倒すなどしてポイントを集めよ。

・イベント期間：○月○日22：00〜24：00までの2時間（現実時間）。
イベントは一種のダンジョンである専用フィールドにて行われ、時間加速により7日間。イベント終了後、ゲーム内時間は6時間経過。
・パーティ単位の参加。
メニューよりパーティリーダーが参加登録。イベント開始時にパーティメンバーごとイベントフィールドに召喚される。

フルパーティに満たなくても（ソロも可）参加は可能。ただしパーティごとにイベントのスタート地点はランダムで振り分けられるため、スタート地点が違っていた場合は他のパーティとイベント開始後の合流はできない。
・ある一定プレイヤー数ごとに、同条件の別地点（別サーバー）に召喚される。
・貢献度によりポイントが加算され、そのポイント数によってランキングが決定する。
・獲得ポイントは一日の終わりに集計結果をメニュー内のイベントページに表示する。
・ランキングは複数用意（例：討伐ランキングなど）。
・古の森の中には魔物が襲ってこないセーフエリアがあり野営なども行える。ただし、中央に行くほど数も範囲も狭くなる。
・イベント中に死亡した場合は最後に入ったセーフエリアで復活。この際、通常のデスペナルティは発生しないが、集めたポイントは減少する。
・イベント中に手に入れたアイテムは原則としてイベント外に持ちだせない。ただし、集めたアイテムはイベント終了時に全《すべ》てポイントへと変換される。
・アイテムの持ち込みは自由、ただしイベント中に使用したアイテムはそのまま消費され補填《ほてん》はされない。
・イベント中は種族、職業のレベルアップに必要な経験値は取得できない（スキル熟練度は上がる）。
・報酬はイベント終了後、報酬一覧から集めたポイントで交換できる（交換できる報酬の例：イベント限定アイテム、鉱石など各種素材、経験値など）』

よし、確認完了。基本は魔物を倒してポイントを稼ぐということで間違いない。私はまだまだ初心者なので上位を目指すつもりもないし、のんびりとイベントを楽しめばいい。

っと、そんなことを考えている間にイベント開始までの時間が三十秒を切っている。


「皆さん、そろそろ召喚が始まりますので準備はいいですか？」

イベント終了後は、今いる場所へと戻るということなので参加メンバーは全員ホームの二階リビングに集合してもらっている。

「私は問題ないよ、コチ君」

初めて見る戦闘装備を身に付けたウイコウさんはかなり格好いい。おじさんには辛いからと冗談めかし、金属製の防具は身に付けていないが腰に下げた剣と濃紺のロングコート。そして、その下に着込んでいる騎士服のようなものもきっとただの服ではないのだろう。

「緊張することないよコォチ。あたしに任せなさいって」

こちらは戦闘用の軽鎧を着込み小剣を二本装備したミラが、尻尾《しっぽ》をゆらゆらと揺らしながら欠伸《あくび》しそうなくらいリラックスしている。普通なら勇ましい格好をすれば気が引き締まりそうなものだが気まぐれな猫系獣人のミラらしい。

「ふん！」

大きな戦槌《せんつい》を軽々と肩に担いだドンガ親方が口ひげを揺らす。親方はあの戦槌を片手で振り回せるので戦闘時には背中に背負った盾も同時に装備できる。体防具は良い素材がなかったため、板金鎧ではなくチェインメイルと呼ばれる鎖帷子《かたびら》。だが親方曰《いわ》く、装備の良し悪《あ》しでパフォーマンスが変わるようじゃまだ二流、らしい。

「楽しみですねぇ、コチさぁん」

ミラとは違った意味で緊張感が感じられないファムリナさん。濃緑のローブに見た目の印象を薄くする認識阻害の効果がついた麦わら帽子を被《かぶ》っている。

これはこの前、ニジンさんと街を散策した際に入店した服屋さんで購入したもの。ウイコウさんが釣りのときに被っていた帽子のようなもので、プレイヤーたちにファムリナさんが身バレしないための対策だ。猫系獣人もドワーフも夢幻人の中に結構いるから、ミラと親方はなんとかなるという見込み。ウイコウさんはそもそも本当の姿は知られていないし、無表情だったただの門番であるアルも、今のアルとはイメージが違いすぎるからばれないだろう。

そういう意味ではエルフもたくさんいるんだけど、ファムリナさんはその……あまりにもお胸が強い印象を……お、おお！　抱きかかえるように持っている杖《つえ》が双丘に埋もれ……ん、ん！　つまりそういうことだ。

「さあ、行こうぜコチ！」

そして、最後に無理矢理今回の同行を勝ち取ったアル。相変わらず粗雑に見える革鎧だけを身に付け軽薄な笑みを浮かべていて、呑気《のんき》すぎていらっとするが……悔しいことに安心感だけはある。絶対に口に出しては言ってやらないけどね。

「それではおかみさん、エステルさん。こちらでは六時間ほどですが、留守をお願いします」

「あいよ、しっかりやっといで」

「ちゃんと待っててあげるから、無事で帰ってきなさいよ」

「はい、では行ってきます」

私たちを見送ってくれるおかみさんとエステルさんに小さく手を振ると同時にカウンターが0になり、私たちの視界は白い光に埋め尽くされた。

エピローグ

白い光が収まると周囲は喧騒《けんそう》に包まれていた。どうやら私たちと同じ場所に召喚された他のプレイヤーたちが相当数いるらしい。装備から見る限りプレイヤーのレベル帯は結構広く取られているみたいだけど、さすがに私のような見た目初心者な装備をしている人はひとりもいない。
どうやらここはスタート地点用の広場になっているようだが、プレイヤーたちの向こう側には鬱《うっ》蒼《そう》とした森が広がっている。あれが古の森ということなのだろう。そして、召喚されたプレイヤーたちの一部はろくに会話もせず、すぐにこの場を離れてその森の中に駆けだしていく。どういうことかなと思って、残っている人たちから聞こえてくる話し声に耳を傾けてみる。

「おい、転送終わったぜ」
「おう、イベントの詳細はメールの通りだろうから、さっさと移動しよう」
「そうね、セーフエリアは中央に行くほど少なくなるものね」
「効率よくポイントを稼ぐためには拠点はなるべく中央寄りがいいしな」
「スタートダッシュで一気に稼ごうぜ」

みたいな会話が聞こえてくる。

なるほど、つまり魔物の討伐ポイントを効率よく稼ぐために、強い敵がいるだろう中央付近に早く移動したいということか。確かに安定して狩りをするならセーフエリアは近くにあったほうがいい。だが、セーフエリアは中央に行けば行くほど数は減り、広さも狭くなる。そのため中央寄りのセーフエリアを拠点として使えるパーティの数はどんどん減っていく。だから少しでも条件のいいエリアを拠点にするために、イベントガチ勢のプレイヤーは開始と同時に森へと突入しているらしい。

「おい、コチ。俺たちも行かなくていいのかよ。このままじゃ出遅れるぜ」

その様子を見ていたアルが焦ったように私の肩を揺するが、私はすぐにこの場を離れるつもりはない。だって今行っても、この周辺の魔物なんて狩りつくされているだろうし。

それに、確かにメールで詳細は知らされているけど、せっかく七日間もイベントがあるんだから少しくらいゆっくりペースでもいいんじゃないかな。ということでまずは人探し。

「それにしても……本当にあっという間に人が減りましたね。おかげで大分見通しは良くなりましたけど……」

「そうだね、最初に走り出したパーティに引っ張られたんだろうね。それよりも、おそらくコチ君が探しているのはあの人だと思うよ」

きょろきょろと周囲を見回していた私に、ウイコウさんはある方向を示してくれる。その指先に釣られるように視線を移動させると、そこには小さなロッジのような建物と、その前にたたずむひとりの中年男性がいた。

その人は気弱そうな視線を彷徨《さまよ》わせながら次々と森の中へと消えていくプレイヤーたちを黙って

見送っている。間違いない、あの人が私たちをこの場へと召喚した大地人《だいちびと》だろう。

「ありがとうございます、ウイコウさん。ひとまず彼から話を聞きましょう」

「そうだね、彼を助けるにしてもどうすれば助けたことになるのかは聞いてみないとわからないからね」

「そ、そうですね」

な、なるほど……私はただ、彼に話を聞くことで今回のイベントのバックボーン的なストーリーが聞けるんじゃないかなと思っただけで、正直そこまで深く考えている訳じゃなかった。でも確かに彼が何を望んで私たちを召喚したのかというのは重要だろう。

という訳で話を聞くべく全員でロッジへと向かう。

「すみません、あなたが私たちをこの森に召喚した方でしょうか？」

「は、はい！　そうです。よかった！　話を聞いてくれる人がいてくれて」

私が話しかけると、不安気にしていた表情がぱっと安堵《あんど》に変わるが、気持ちはわからなくもない。彼からしてみれば助けを求めるべく召喚した夢幻人《むげんびと》たちが、自分の話も聞かずにどんどんどっかに行ってしまうという状況だったんだから。

「なんか、すみません。彼らと同郷の者として一応……」

「あぁ！　そんな、頭を上げてください。むしろ頭を下げるのはこちらです。あなたたちを勝手な都合で一方的に召喚してしまった訳ですから」

召喚者の人はなんとも腰の低い人だった。ラノベの異世界召喚なんかだと召喚者は表向き隠していたとしても、大体は傲慢《ごうまん》で居丈高でいけ好かないタイプなのにこの人の言葉には真摯《しんし》さがあり嘘《うそ》は感じられない。

「そうですか。でも、勘違いしないようにお伝えしておきますけど、あなたの召喚に応《こた》えるかどうかは私たち自身の判断に委ねられていました。だから、ここにいる人たちはひとり残らず自分の意思でここにいます。だから遠慮や気兼ねはいらないですよ」

「おお、なんともありがたいことです。私はこの森を守る一族のひとり、カラムと言います。私の召喚に応えてくださった夢幻人の皆さまにお願いしたいことがあります」

「私はコチと言います。まずはお話を聞いてからになりますし、どこまでお力になれるかわかりませんが、後ろの頼れる仲間たちと一緒にできる限りお手伝いします」

「あ、ありがとうございます！」

目を潤ませながらカラムさんが差し出してきた手をしっかりと握り返す。そのとき手の感触からカラムさんの左手に綺麗《きれい》な緑色の石をあしらった指輪があることに気が付く。まだこのゲーム内で宝石の類を見たことはないけど、もしかしたらこの森のどこかに宝石の原石が採れるような場所があるのかも。それはちょっと楽しみだ。

「お言葉に甘えるようで申し訳ないのですが、さっそく皆さんに取り急ぎお願いしたいことがあるんです。中へ入ってもらえますか？」

カラムさんはやや急ぎ足で後ろにあるロッジの扉を開け中へと入っていく。扉はそのまま開け放してあるので今は誰《だれ》でも入れるけど、カラムさんと話さないとロッジの中には入れないんだろう。とりあえず、カラムさんも急いでいるみたいだし中に入って話を聞くことにしよう。

「あのう、すみません」

「へ？」

ウイコウさんと視線だけで意思確認をして中へと入ろうとしたところで、突然後ろから声をかけられる。

ちょっと予想してなかったので、思わずびくっとしてしまったがなるべく平静を装って振り返る。するといつからいたのか、二十人ほどのプレイヤーが後ろに集まっていた。どうやら私たちと同じように召喚者と話をするために残っていたらしい。その中で私たちに率先して話しかけてきたのは女性六人組パーティのリーダーらしき人族の女性だ。

「えっと……皆さんも話を聞くために残っていたんですよね？」

「あの……はい、私たちもご一緒させてもらっていいでしょうか？」

「あ、はい、勿論《もちろん》です。一緒に話を聞きましょう」

当たり前だがこのイベントは私だけのものではないので私に拒否権などあるはずもない。召喚者から話を聞きたい人たちがいるなら全員で聞くのが当然だ。という訳で後ろにいる人たち全員をロッジに入るように促す。

「おい、待てよ」

「え、私ですか？」

そうしてロッジに入ろうとした私を強い口調で制止したのは、革と鉄材の複合鎧を装備し大剣を背負った獣人の男性プレイヤーだ。

「そうだよ。未《いま》だにそんな初心者装備を身に付けているような奴《やつ》が、なに仕切ってんだっつうの」

仕切っているつもりはないけど、まあ確かに見た目も中身も初心者であることは間違いない。

「いえ、たまたま先頭にいただけですから。お譲りしますよ」

（おい、コチ！　こんなやつら俺が、ぎゃ！）

私の対応に対して横からアルが文句をつけてくるが、即座にアルの足を踵《かかと》で踏みつけて黙らせる。

こんなスタート直後にいきなり他のプレイヤーともめたくない。

「ふん、わかってんだったらいいけどよ。じゃあ行こうぜ」

獣人プレイヤーは自分のパーティメンバーに声をかけると、私たちを押しのけるように中に入っていく。

「あの……」

「あ、お先にどうぞ。私たちは最後で構いませんから」

「は、はい。すみません」

今のやりとりに気後れしてしまったのか、最初に声をかけてきた女性パーティが若干気まずそうに後に続き、残った人たちも私たちに軽く頭を下げつつロッジへと入っていく。結局私たちは全員が中に入ったのを見届けてようやく中に入る。アルが後ろでなにやら文句を言いたそうにしているが、隣のウイコウさんに睨《にら》まれて仕方なく大人しくしている。

やれやれ、最初っからそんな調子でいつまで約束を守れるやら。

さて、他のプレイヤーたちはすでにスタートダッシュを決めて、森の中で魔物を狩りまくっているんだろうけど、ゲーム自体を始めたばかりの私はイベントの上位を狙《ねら》っている訳じゃない。初めての大型イベントなんだからどうせなら舞台設定も含めてしっかりと楽しもう。

ロッジに入ると中は思いのほか広く、中に入った私たち全員が普通に立っていても窮屈には感じない。状況によっては最初に召喚されてきたプレイヤー全員がここに入る可能性もあったはずなので、このロッジも人数によって広さが変わるような不思議空間なのかも知れない。

「はあ？　なんだよそれ！　せっかくポーション使ってやったのに治ってねぇじゃねぇか！」

ロッジに入ってすぐのリビングのような空間から繋《つな》がっている扉のひとつが開いている。どうやらその扉の向こうで、一番最初に入っていった獣人プレイヤーが激昂《げきこう》しているらしい。

「そうなのです。理由はわからないのですがどんな薬を使用しても延命が精一杯で……それでも回復し続けないと彼女は死んでしまいます！　なんとか私も手持ちの薬や付近で採れる薬草などを自分で集めたりしたのですが、薬は全《すべ》て使い果たし、【調合】の心得がない私の作る薬ではほとんど効果もなく、もうこれ以上は彼女の命を繋ぎ止められないのです」

どうやら先頭で入っていった彼らは、後続のパーティを待つことなく勝手に話を進めているらしい。まあ、聞こえてきた話だけでもなんとなく事情は察することはできるが。

カラムさん自身が強制召喚は相手の意思を無視した失礼な行為だと理解しているにもかかわらず、召喚に頼らざるを得なかった理由はこれか。

「ねえ、どうするのよケビン。この人を助けるっていうのもイベントのひとつだと思うけど、このライフの減り具合だと最低でも数時間に一回はポーションかヒールが必要になるわよ」

「……俺たちが持ち込んできたポーションだけじゃ最終日までは無理だな」

「かといって解決策が見つかるまで回復役を割いたら、効率のいい中央まで行けないし俺たちの回復もままならなくなる」

「だな……たぶんこれはここに呼ばれた奴ら全員で少しずつ負担してやるクエストだ。初心者丸出しの奴を含む、ここにいる奴らだけじゃ到底無理だな。だとしたら俺たちもこいつはさっさと見捨てて中央に向かった方がいい」

「私もそう思うわ」

「ちっ！　スタートダッシュを犠牲にしてまで残ったのにとんだ無駄骨だったぜ。そうと決まればさっさと行こうぜ。少しでも遅れを取り戻さねぇとな。おら、邪魔だ！　どけ！」


ケビンと呼ばれた獣人率いるパーティが、仲間を心配しているカラムさんのいる前で堂々と心無い相談をして、引き留めるカラムさんを無視してロッジを飛び出して行く。それを見てロッジ内に残っていたパーティもひとつのパーティを残してどこか気まずそうにしながらロッジを出て行った。

「えっと……あなたたちはどうします？」

最後に残った女性だけのパーティに声をかけると、六人の女性たちは額を寄せて相談を始める。

相談するのはいいけど、彼女たちの結論を私たちが待つ必要はないか。

「えっと、私たちはまだカラムさんのお話を聞いていないので聞いてきますね。さっきの人たちみたいに森へ行くなら、私たちを待つ必要はありませんから出発してください」

当然相手も私たちを待つ必要はないので、一応断りを入れてから寝室と思われる部屋へと入る。

部屋の中には肩を落としてベッドで眠る女性を見下ろすカラムさんがいた。さっきのケビンとやらの態度にかなりへこんでいるらしい。

「カラムさん、大丈夫ですが……彼女は」

「あ、コチさん……はい、私は大丈夫ですか？」

カラムさんの視線の先にいる女性は三十代半ばくらい。見るからに青白い顔をしていて、ときおり苦しそうに眉《まゆ》を顰《ひそ》めている。頭や布団から出ている手に包帯も見えるので負傷しているのは間違いなさそうだけど……これ見よがしに表示されているライフゲージがゆっくりと減少している。どうやらなんらかの継続ダメージが入っているので、ポーション類を使っても完治したことにならないということらしい。

「ちょっと失礼しますね」

試しにインベントリからポーションを取り出して女性に振りかける。私が作るポーションはゼンお婆《ばあ》さんからの指導と【調合】スキルのレベルが上がっていることで、市販の初級ポーションよりもかなり効果は高い。もし治癒の条件が『中級ポーションを使用』とかだったりしても十分達成できるはず。

振りかけられたポーションは淡い光となってすぐに消え、ライフが四分の一を割りイエローになっていた女性のライフは一気に八割くらいまで回復。しかし、すぐにまた減少を始めてしまった。念のため中級相当の解毒ポーションもかけてみたが、症状の改善は見られなかった。

「だめですね……単純な毒というわけでもなさそうです」

「そうですか……でも貴重な薬をありがとうございます。正当な対価をお支払いしたいのですが、このような場所でほぼ自給自足だったものですからお金は……」

「いえ、お金はいりません。それよりもカラムさん。彼女を助けるためにも、どうして彼女がこのような状態になったのか、その経緯をわかる範囲で教えてもらえませんか？」

　対価をいらないという私にカラムさんは恐縮しつつなんども頭を下げ、それから今回の召喚に至るまでの経緯をぽつりぽつりと話し始める。

「すみませんが、私にわかることはそう多くないんです。私たち一族は本来この森の中央にある村で生活しています。ここからはよく見えませんが中央には緑竜樹という大樹があり、その恵みを享受するために作られた村です。彼女、ミスラはその村で史学研究をしていた人の助手でした」

　カラムさんの自己申告通り情報は少なかった。そもそも二日前に傷ついたミスラさんがこのロッジに飛び込んできたとき、まだ意識のあった彼女は『魔物が溢《あふ》れた、村はもう駄目』と告げただけで、どういうことかと尋ねるカラムさんにその理由を告げることなく意識不明に陥ってしまったらしい。

　話を聞き終えた私たちはひとまずカラムさんにポーションを十個ほどと上級ポーションであるエクスポーションをひとつ預けると、これからどうするかを話し合うためにリビングへと戻ったが、そこには相談をしていたはずの女性パーティはすでにいなかった。まあ、ミスラさんのイベントは現状、プレイヤーに消費だけを強いるイベントだから仕方ない。

「ウイコウさん、どう思いますか？」

「そうだね……とりあえず異界神からの神託通り魔物たちは森の中央から湧《わ》いているというのは確認できた。だが、私たちを召喚した彼の望みは魔物を倒してくれということではなかったね」

「はい」

白い顎鬚《あごひげ》をしごくウイコウさんの言う通り、カラムさんの望みは「魔物たちを退治してくれ」ではなく、「怪我《けが》した仲間を助けてほしい」だった。

これはイベント告知のメールだけではわからなかった情報で、ここにきてカラムさんと話すことで発生したイベントクエストの一種だと思われる。当初はただ魔物を倒してポイントを稼ぐだけだと思っていたので、のんびりと楽しもうと思っていたけれど……人助けが絡んできたとなれば話は別。

「ウイコウさん、なんだかやる気が出てきました」

「誰かを助けるためとなったらやる気を出すなんて、コチくんらしいね」

「はい、絶対にミスラさんの怪我の謎を解いて彼女を助けましょう！」

小さく拳《こぶし》を固め、信頼するパーティメンバーたちをひとりひとり見る。ウイコウさん、ミラ、ドンガ親方、ファムリナさん……そしてアル。

みんなが私の視線に頷《うなず》いてくれる。そのあまりの頼もしさに、こんな状況だっていうのにちょっとワクワクしてきてしまう私がいる。でも私たちならきっとカラムさんたちを助けることができるはず。

よし、やってやる。イベント開始だ。

メリアさんはお留守番（書き下ろし）

私の名前はメリア。このはじまりの街リイドの神殿で神官長をしています。

……と言ってもこの街には私の他には神官騎士のレイモンドさんしかいないので、長というのは少しだけ憚《はばか》られますけど。

私の表向きのお仕事は、神官長として何処《どこ》からかやってくる夢幻人《むげんびと》様にこの世界で生きていくための術《すべ》を教え、夢幻人様たちの望む道に導くことです。

難しい言葉を使ってしまいましたが、簡単に言ってしまえば〔見習い〕としていくつかの課題を与え、その間にその方が示した可能性を〔職業〕として選択してもらうということです。

私はこのお仕事をずっと続けてきました。数えきれないほどの夢幻人様たちをお迎えし、同じだけの夢幻人様をここリイドから送り出してきたのです。

ところが……ある日。ひとりの夢幻人によって私は、いえ私たちはそのお役目から解放されました。

これには驚きました。私たちが、この街がそのお役目から解放されるのはもっとずっと先のことだと思っていましたから。しかもこの街を解放したその夢幻人、コチ殿は掴《つか》みどころがない方で……なんというか、そう、おかしな人でした。

あら、こんなことを言ったらコチ殿に失礼でしたね。でも、あの方はそんなことまったく気にされないのでしょうけど。

「今頃《いまごろ》、アルレイドさんやエステルさんはコチ殿がイチノセに手に入れたおうちで楽しんでいるのでしょうか」

陽光の降り注ぐ誰《だれ》もいない神殿という場所のせいでしょうか、思わずそんな言葉を漏らしてしまいました。

全ての制約から解き放たれたとは言っても私たちの本来のお役目は、焦るほどではないですが、むしろこれからが本番です。他の皆さんはある程度自由に活動しても問題ありませんが、私はあまり長くここを離れる訳にはいきません。それは、私と神殿の護衛をしてくださっているレイモンドさんも同じです。

「神官としては思ってはいけないのかも知れませんが、先日の街を出ての戦いは楽しかったですね」

いえ、違いますね。コチ殿と一緒になにかをするのがとても楽しいのですね。あの方は無邪気で繊細で、とても優しい方です。私たち大地人《だいちびと》を見下すような夢幻人様も多い中、あの方は私たちを師として、仲間として、そして友として信頼をしてくださいます。

そんなあの方だからこそ、アルレイドさんやエステルさん、もちろん他の皆さんもコチ殿と一緒にいたがるのだと思います。……えっと、もちろん私も。

ふう……いけません。この世界にとって私のお役目はとても大事なものです。こんなことを考えずにしっかりと勤めを果たさなくてはなりません。

気を取り直した私は神殿の奥に立ち並ぶ六柱神様の神像へと向かい、あの日コチ殿がしたように順番に祈りを捧《ささ》げていきます。

時空神様から順に、ウノス様、ドゥエノス様、トレノス様、クアノス様とチェリエ様、チクノス様、セイノス様、そして時を巡らせるために再度時空神様へ。

『やれやれ、リイドの神官長ともあろう者が、随分と心を乱した祈りを捧げてくれたもんだね』

「は！　ウ、ウノス様！　も、申し訳ありません」

時空神様への祈りを終えようとした私にどこか揶揄《やゆ》するような雰囲気を纏《まと》わせた言葉をかけてこられたのは、老婆《ろうば》の姿をした六柱神のひとりウノス様でした。

『おやおや、どうしたんだい。いつもの軽い冗談だよ』

「あ……はい。つい」

六柱神様はなかなか人の前に姿を現すことはありませんが、顕現されたときは意外と気軽にお話をしてくださいます。神様たちはそこまで気安くするのはこの街の人間だけだと仰《おつしや》っていますけど、皆様お優しい方なのできっとそんなことはないと思います。

中でもウノス様は私を気に入ってくださっているようで、私には【ウノスの寵愛《ちようあい》】の加護も付いています。私の適性は光、神聖、回復といった方向なので、ウノス様の司《つかさど》る闇属性や攻撃魔法とはほとんど一致しませんが加護をいただけることだけで神官としては、光栄なことです。

『やれやれ、あのおかしな子のことが気になっているのかい？』

「……はい」

礼拝については手を抜くことなんて有り得ないので、本来なら今回のこともすぐに冗談だと気付いて、そんなことありませんと笑顔で返せていたはずです。それなのに、直前まで愚痴とも取られかねないようなことを考えていたせいで、私の祈りに邪念が入ったのかも知れないと思ってしまいました。

『ふん、確かにおかしな子ではあったけどね。あんたにそれほどまでに一緒に行きたいと思わせるような子ではないと思うたが』

「ふふ、そうかも知れませんね。でも、コチ殿は……なんというか雰囲気が居心地《いごこち》いいんです。見ているとなんとなくわくわくするんです。一緒になにかをやりたくなってしまうんです」

コチ殿と出会ってからの一年間、そして一緒に戦った平原での一戦を思い出して、口元が綻《ほころ》ぶ。

『……職務一辺倒だったあんたにそんな顔をさせるとはね。惚《ほ》れた腫《は》れたに夢中なチクノスが喜びそうだよ』

「え？　いえ！　そんな、そういうつもりでは……ないです、多分。あ、あくまでも私はリイドの仲間として一緒に活動したいと思っているんです。でも私はお役目がありますから、ここでお留守番することが多くなりそうですけど」

『そんな拗《す》ねるんじゃないよ。あんたの役目が重要だってことはあんたが一番よく知っているんだろう』

「ふふ、冗談です。ウノス様」

『……は！　やられたね、仕返しって訳かい』

一瞬呆気《あっけ》に取られたウノス様は肩をすくめるとくっくと小さな笑い声を漏らしています。今の私の言葉は嘘《うそ》ではありません。でもお役目を投げ出してまでコチ殿に同行したいとは思っていません。

『あんた可愛《かわい》くなったねぇ』

「え？」

『表情も豊かになったし、愛嬌《あいきょう》も付いた。前ほどお堅い雰囲気もなくなったし、まるで別人のようだよ』

「そうでしょうか？」

ウノス様が温かい笑顔で私を見下ろしています。ただ、そう言って頂けるのは嬉《うれ》しいのですが、私自身はそれほど変わったとは思っていないのでなんとも判断が難しいところです。可愛くなったと言ってもらえるのは嬉しいのですが。

『わからなければいいさ。これから自分自身で気づいていけばいいんだからね』

「……ですが、私は」

『さっき、あの子たちが二本目の〝爪〟を倒したようだよ』

「ほ、本当ですか！　コチ殿や他の皆さんにお怪我《けが》などは！」

ウノス様から告げられた言葉は驚くべきことでした。〝混沌《こんとん》の爪〟と呼ばれる魔物はそう簡単に倒せる相手ではありません。私たちと四彩獣の皆さんが力を合わせてやっとというような魔物です。しかも今回は私もレイモンドさんも呼ばれていません。つまり回復を専門で行えるメンバーがいなかったということです。

『安心おし。みな無事のようだよ』

「……そう、ですか。安心しました」

おそらくウイコウさんは私がここを長く離れられないのを考慮して今回のメンバーに召集しなかったのでしょう。どのような戦いだったのかは後程聞いてみないとわかりませんが、〝爪〟との戦いが楽なものであったとは思えません。

でであるならば、実際にメンバーに選ばれたかどうかはともかくとして、私自身が選択肢のひとつとしてその場にいる必要があったのではないでしょうか。

『考えていることはわかるよ。だが、焦るんじゃないよ。もう少し様子を見る必要はあるが、〝爪〟が二本欠けたことであんたが二、三日神殿を外しても問題が無いようになるはずさ』

「本当ですか！　もうミラさんに『お留守番長メリア』とか言われなくて済むんですね！」

『あんた……そんなこと言われていたのかい？』

「あ！　……はい。勿論《もちろん》、冗談だとは思うのですが」

はっと気が付いたときにはもう遅いです。ウノス様が呆《あき》れたように額に手を当てて天を仰いでいます。つい嬉しくて口が滑ってしまいました……ミラさんが変なこと言うのがいけないんです！

『まあ、いいさ。とにかくそんな訳だからね、あんたもある程度自由に動き回るといいさ。その間はうちらがなんとかできるだろうよ』

「ウノス様………ありがとうございます！」

『構わないさ、うちらこそあんたたちには助けてもらっているからね。しっかりやんな』

ウノス様はそう言うと、すぅっと消えていかれました。その姿を頭を下げて見送った私は、気配が消えると同時に顔を上げしゃんっと錫杖《しゃくじょう》を鳴らします。

「私も外に出られる！」

これで、コチ殿のホームにも行けますし、コチ殿と同じパーティで戦うこともできます。いけません、また胸がわくわくしてきてしまいました。

「もうお留守番長とは呼ばせませんよ、ミラさん！」

あとがき

『勇者？　賢者？　いえ、はじまりの街の《見習い》です　なぜか仲間はチート級』第二巻をお手に取ってくださった皆様、まずはありがとうございます。

この第二巻を初めて手に取ってくださった方は初めまして、第一巻もご覧になってくださった方にはお久しぶりということになると思います。作者の伏《ふく》(龍《りゆう》)です。

なんとかこの作品も第二巻を出して頂けることになり、こうしてまた形に出来たことをとても嬉《うれ》しく思います。

私がこのあとがきを書いているのは、日本全国に緊急事態宣言が出されている時期になります。世界中で多くの人たちを苦しめているウィルスですが、私たちひとりひとりがこのウィルスにしっかりと立ち向かって少しでも早く収束に向かってくれることを祈らずにはいられません。

もちろん私も家族とともに外出を控え、外に出る時はマスク、帰宅後は手洗いうがいを徹底など身近な部分で協力をしていきたいと思っています。しかし、自宅にいる時間が長くなりがちなこの時期、家で本を読んで過ごす方も多いと思います。この本を手に取ってくださった方もきっと読書が好きな方だと思います。そんな人たちがご自宅で過ごす時間にこの作品が少しでも役に立ってくれれば小説家の端くれとしては望外の喜びです。

本当は本作が発売する頃《ころ》には既に収束しているという状況が一番望ましいので、このあとがきが時季外れのものになってくれたらいいのですが。

さて、それではシリーズ第二巻となる本書についても少しだけ。

第二巻ではとうとうコチくんがリイドを飛び出し、チュートリアルではない本当の始まりの街へと旅立ちます。

初めてみる街並、初めての兎《うさぎ》さん以外の魔物との戦闘、初めてのリイド以外のNPCや他プレイヤーとの出会いなど、ようやくゲームとしての楽しみも満喫していきます。

WEB版よりも大幅に加筆して、書き下ろし短編も掲載されていますので、WEB版を読まれていた方にも楽しんで頂ける内容になっていると思います。そしてなにより今回新たにイラストが付けられたキャラクターたちが素晴らしい。ウイコウさんは第二巻ではあまり活躍がないのですが、ラーサさんはいきいきとパワーに溢《あふ》れている感じが素敵です。ですが、何と言っても今回はニジンさんが私のお気に入りです。そのお気に入り度と言ったら加筆部分のほとんどでニジンさんが活躍するという贔屓《ひいき》っぷりに表れています（笑）。是非ご確認ください。

最後は恒例の謝辞のコーナーです。

まずは本シリーズ第一巻を販売し、第二巻の刊行にゴーサインを出してくださったKADOKAWA様に感謝を。

そして、第一巻から引き続き担当してくださった編集のK様。今回もいろいろなご意見をいただき、参考にさせてもらいました。ありがとうございます。

それから、こちらも引き続き素敵なイラストを描いてくださったｒｉｒｉｔｔｏ様。今回も本シリーズのどこかほのぼのとしたイメージをしっかりと表現して素敵に仕上げてくださいました。口絵のニジンさんが最高です（笑）。本当にありがとうございました。

もちろん最後は、この本を手に取ってくださっている読者の皆様です。皆様のおかげでこうしてまた一冊私の作品を世に送り出すことが出来ました。

読者の皆様に最大級の感謝を捧《ささ》げます。

この一冊が皆様の心に残る作品であることを祈ります。

カドカワBOOKS

勇者《ゆうしゃ》？　賢者《けんじゃ》？　いえ、はじまりの街《まち》の《見習《みなら》い》です　2
なぜか仲間《なかま》はチート級《きゅう》

2020年6月10日　初版発行

著者／伏（龍）《ふくりゅう》
発行者／三坂泰二
発行／株式会社KADOKAWA
〒102-8177
東京都千代田区富士見2-13-3
電話／0570-002-301（ナビダイヤル）

編集／カドカワBOOKS編集部
印刷所／大日本印刷
製本所／大日本印刷

●お問い合わせ
https://www.kadokawa.co.jp/（「お問い合わせ」へお進みください）
※内容によっては、お答えできない場合があります。
※サポートは日本国内のみとさせていただきます。
※Japanese text only

Printed in Japan
ISBN 978-4-04-073701-0 C0093

新文芸宣言

かつて「知」と「美」は特権階級の所有物でした。

15世紀、グーテンベルクが発明した活版印刷技術は、特権階級から「知」と「美」を解放し、ルネサンスや宗教改革を導きました。市民革命や産業革命も、大衆に「知」と「美」が広まらなければ起こりえませんでした。人間は、本を読むことにより、自由と平等を獲得していったのです。

21世紀、インターネット技術により、第二の「知」と「美」の解放が起こりました。一部の選ばれた才能を持つ者だけが文章や絵、映像を発表できる時代は終わり、誰もがネット上で自己表現を出来る時代がやってきました。

UGC（ユーザージェネレイテッドコンテンツ）の波は、今世界を席巻しています。UGCから生まれた小説は、一般大衆からの批評を取り込みながら内容を充実させて行きます。受け手と送り手の情報の交換によって、UGCは量的な評価を獲得し、爆発的にその数を増やしているのです。

こうしたUGCから生まれた小説群を、私たちは「新文芸」と名付けました。

新文芸は、インターネットによる新しい「知」と「美」の形です。

2015年10月10日

井上伸一郎

魔石グルメ
魔物の力を
食べたオレは
最強!

STORY

① ことの始まりはダンジョン最深部での置き去り……

ベテランではあるものの【修復】スキルしか使えないEランク冒険者・ルークは、格安で雇われていた勇者パーティに難関ダンジョン最深部で置き去りにされてしまう。しかし絶体絶命のピンチに【修復】スキルが覚醒して――？

② 進化した【修復】スキル、応用の幅は無限大！

新たに派生した【分解】で、破壊不能なはずのダンジョンの壁を破って迷宮を脱出！　この他にも【解析】や【合成】といった機能があるようで、どんな素材でも簡単に加工できるスキルを活かして武器屋を開くことを決意する！

③ ついに開店！　伝説の金属もラクラク加工！

ルークが開店した武器屋はたちまち大評判に！特に東方に伝わる伝説の金属“ヒヒイロカネ”を使った刀は、その性能から冒険者たちの度肝を抜く！　やがてルークの生み出す強すぎる武器は国の騎士団の目にも留まり……？

冒険者としての経験と、万能な加工スキルが合わさって、
男は三流の評価を覆していく!!

シリーズ好評発売中!!

魔王《ラスボス》よりも強いけど、
平穏に暮らしたいんです。
B's-LOG COMIC＆
異世界コミックにて
コミカライズ
連載中!!!!
漫画：のこみ
カドカワBOOKS

AKUYAKU REIJO LEVEL 99
悪役令嬢レベル99
～私は裏ボスですが魔王ではありません～
七夕さとり
Illust. Tea
RPG系乙女ゲームの世界に悪役令嬢として転生した私。だが実はこのキャラは、本編終了後に敵として登場する裏ボスで――つまり超絶ハイスペック！　調子に乗って鍛えた結果、レベル99に到達してしまい……!?

最強の鑑定士って誰のこと？
Who is the strongest appraiser?
〜満腹ごはんで異世界生活〜
美味しい料理で胃袋をがっつり掴んだり……
チートアイテム&技能でものづくりをしたり……
たまに活躍!?
チートな鑑定で事件も解決!!

料理で胃袋をわし掴み!?
異世界で
主夫生活始めます！
最強の鑑定士って誰のこと？
1
不二原理夏
港瀬つかさ
シソ
B's LOG COMICにて
連載中!
ビーズログコミックスより
コミックス絶賛発売中!!
漫画：不二原理夏
原作：港瀬つかさ
キャラクター原案：シソ
港瀬つかさ ill. シソ

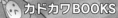